もっと深く

藍川京
Kyo Aikawa

JN267502

イースト・プレス 悦文庫

目次

隠れ蓑 7
もっと深く 45
香る女 81
細雪 117
雪見酒 153
紐 189
夢路 221

もっと深く

隠れ蓑

北鎌倉《きたかまくら》で降りた。

改札を出ると、目と鼻の先が円覚寺《えんかくじ》だ。総門に至る石段脇の楓《かえで》の新緑が目に染みた。

「これを入れて撮って」

臨済宗大本山円覚寺《りんざいしゅうだいほんざん》と白抜きで刻まれた石標を指した咲恵《さきえ》は、自分のカメラを春華《はるか》に渡すと、横に立ってピースマークを差し出した。

石段と、その上の総門を背景に、春華は咲恵のとびっきりの笑顔を写した。

「もう一枚、お願い」

そう言った咲恵は、石段を数段上ってポーズをとった。

「春華もそこに立って」

咲恵は春華の手からカメラを取ると、二回、シャッターを押した。

「じゃあ、よろしく」

「えっ？　少し見ていったら？　今時は色んな花も咲いてると思うし」

着いたばかりで立ち去ろうとする咲恵に、春華は呆れ顔で言った。

「何回か来たことがあるからいいわ。約束どおり、夕食は好きなものを奢《おご》るから。じゃあ、お願いね」

自分のカメラを、また春華に渡した咲恵は、すぐ先に見えている北鎌倉駅の改札へと、そそくさと歩き出した。

ふたりは郷里福岡《ふくおか》で同じ進学校に通い、その後、異なる東京の大学に通った。東京では互いの生活を謳歌していたし、たまにしか会わなかった。

卒業すると、咲恵は東京で外資系の仕事に就《つ》き、社内結婚して仕事を辞めた。結婚後すぐに夫が海外赴任になった時は同行してアメリカで暮らしたが、帰国すると様々な資格を取り、小遣い銭ぐらい稼いでいる。今は堪能な英語を子供に教えているし、依頼は多いようだ。

高校時代から浮いた話が多かった咲恵だが、結婚を機に落ち着いたかと思ったのも束《つか》の間《ま》、夫の目を盗んでの情事に余念がない。

「何とかなるのは今のうち。それもギリギリの歳。再来年は四十なのよ。ああ、考えただけでぞっとするわ。私たち、四十になるのよ。三十の声を聞いた時にもがっくりしたのに、もうすぐ四十だなんて」

「三十八になったばかりなのに、四十、四十と言わないで」

　春華は溜息混じりに入った。

「ともかく、楽しめるのは今のうちよ。そのうち、男から声も掛けられなくなるわ」

　夫がいながら浮気に対する後ろめたさはないようだ。高校時代も咲恵は華やかな存在で、男たちの憧れの的だった。

　初体験は高校に入学してすぐとのことで、相手が中学時代の若い教師だったと告白された時は冗談だろうと思った。だが、教師に成り立ての二十代前半の男にとっては、同級生とは比べものにならないほど色っぽい十五歳の咲恵は、性の対象になり得たかもしれない。咲恵が中学を卒業すると、自分の生徒ではないという距離ができ、一線を越えたのかもしれなかった。

　後になって春華は、若い教師が咲恵に近づいたのではなく、咲恵が誘惑したのではないかと想像するようになった。

　今、咲恵の夫は福岡の九州支社に勤務している。春華と咲恵の旅行は、これが初めてではない。春華は情事の隠れ蓑《かくみの》に利用されていた。

咲恵がスマートフォンで写真を撮らないのにはわけがある。スマートフォンは肌身離さず持っていなくてはならないので、夫へのアリバイ作りのために、わざわざカメラを使っている。

最初に自分を入れて撮らせ、春華も撮っておき、後は春華にカメラを預け、あちこちの風景を適当に撮らせて持ち帰るのだ。

口が堅いと信用している春華に白羽の矢が立ったわけで、ここ三年ばかりは年に何回か、名目上の女ふたり旅をするようになった。

春華は大学を出ると帰省して福岡で就職し、地元の大手健康食品会社に勤める五歳年上の男と結婚した。他人からは仲のいい夫婦と見られているものの、春華の心は冷めている。

最初に夫の不倫に気づいたのは結婚して三年ほど経った時だった。行きつけの飲み屋のママかホステスらしかった。見て見ぬ振りをしていたが、夫への気持ちは急速に萎えた。それからも時々他の女と楽しんでいるのではないかと思えるような証拠を見つけたが、気づいていない振りをした。

職場の既婚者たちとの会話で、結婚前の連れ合いに対する夢など一年もすれば破れるものだと、さんざん愚痴を聞いていたし、それなら期待しないぐらいがちょうどいいかもしれないと妙に悟っていた一面もあった。

そして、あれほど熱心にくどいていながら、なるほど、こんなものかと思った。自分の魅力のなさから他の女とつき合うようになったのだろうかと自尊心が傷つき、咲恵には隠している。

おっとり穏やかな性格と思われている春華だが、人並みのプライドぐらい持っていた。怒りと落胆もあったが、経済的なことなども考え、仮面夫婦を続けることにした。

夫の裏切りを知ってから、いっそう春華は仕事熱心になり、いざとなったら慰謝料をもらい、ひとりで生きていくのもいいかもしれないとまで思うようになった。だが、ごたごたするのも面倒で、まだこのままでいいと思っている。

横浜に向かう電車に乗るため、振り返ることなく軽い足取りで歩いて行く咲恵は、すでに春華のことも忘れ、男との逢瀬のために心躍らせているのがわかる。

羨望のまなざしでひととき咲恵の後ろ姿を眺めていた春華は我に返ると石段を上り、円覚寺の総門をくぐった。

東京の大学に通っていた時、円覚寺には一度足を運んでいるような気がするが、二十年近く前のことになり、まったく覚えていない。わずかに覚えているのは、鶴岡八幡宮《つるがおかはちまんぐう》と銭洗弁財天《ぜにあらいべんざいてん》ぐらいだ。

外国人の観光客が多い。

春華は三門左手の塔頭《たっちゅう》、松嶺院《しょうれいいん》を覗き込み、入ろうかどうしようかと迷った。別料金は百円しかかからない。その志納金《しのうきん》が惜しいのではなく、できるだけたくさんの寺社巡りをしたかった。

北鎌倉だけでも紫陽花《あじさい》寺で有名な明月院《めいげついん》や駆け込み寺の東慶寺《とうけいじ》、建長寺《けんちょうじ》など、有名な寺が多い。このあたりだけでなく、鎌倉から長谷《はせ》の方まで足を延ばしたかった。

「今は花が綺麗で、入らないと損だよ」

背後からの声に、春華は驚いて振り向いた。

カメラを手にした綿シャツにズボンの身軽な格好の男が笑っている。

「花に興味がないなら勧めないが、ここは年中開いているわけでもないし、今なら黒花蠟梅《くろばなろうばい》や牡丹《ぼたん》が綺麗だから」

男はそう言うと百円を賽銭箱に入れ、門をくぐった。

誘われるように春華も中に入った。

振り向いた男が笑みを浮かべた。

「あの……さっきの花、私、知らなくて……」

「さっきの花……？」

「牡丹じゃなくて」

男はひととき考えていた。

「ああ、ひょっとして、黒花蠟梅か」

「ええ……」

「それなら、すぐそこだ」

男は入ってすぐ左の道を進み、本堂前の小さな木を指した。

チョコレート色の小さな花は、細い短冊を重ねたような花だ。初めて目にする花に春華は見とれた。ほのかに甘い香りも鼻腔に触れた。

「初めてのお花……見られてよかったわ」

「声を掛けた甲斐があった。入らずに通り過ぎる人の方が多い。もったいないから、ついつい声を掛けてしまった」

男が嬉しそうな口調で言った。

野草の先には赤やピンク、黄色い牡丹が咲いていた。

いつしか男の案内で歩いていた。五十前後だろうか。平日は背広にネクタイで仕事している男のように見える。

「詳しいようですけど、近くにお住まいですか？」

「ああ」

「いつもおひとりで？」

「ああ。女房が亡くなって、もっと一緒に歩いておけばよかったと思った。でも、女房はけっこうひとり歩きが好きだったから、まあいいかと思うことにした。すんだことを考えてもしょうがない」

鰥夫《やもめ》とは意外だった。

「まだお若かったんでしょう……？」

「四十二になったばかりだった。そんなことはどうでもいい」

「すみません……」

「いや、謝ることはない」

つきあたりで黒花蠟梅とはちがう甘やかな香りがした。匂いの元を確かめるようにしていると、

「バナナの香りじゃないか？」

男が春華の微妙な動きに対して言った。

「そういえばバナナだわ」

「じゃあ、これだ。唐種招霊《からたねおがたま》。バナナの匂いと言われている」

紅色の縁取りの淡い卵色の花だった。六弁の花びらの中心に緑の雌《め》しべがあり、愛らしい。

「私、花のことを何も知らないのがわかりました。人並みに知っているつもりだったのに」

自分の無知を素直に男に伝えることができる。春華は男に親しいものを感じ始めていた。

「女房は詳しかったが、いつも右から左に聞き流していたもんだ。自分で調べるようになって、少しずつわかるようになった。この先の墓地のあたりにも咲いてる」

いつしかふたりは並んで歩いていた。

知らなければそのまま通り過ぎ、目にすることなく終わっただろうが、円覚寺奥の黄梅院《おうばいいん》で咲いていた、花とは思えぬような葉っぱの真ん中に咲く奇妙な花《はな》筏《いかだ》の緑色の花を教えられたり、春華はいつになく満ち足りた気持ちになっていた。

「今日の予定は？」

男が訊いた。

「急ぎ足でまわれるだけまわってみようかと思ってたんですけど、こうしてゆっくりと歩く方が贅沢ですね。ガイドさんがついてくれるなんて思ってもなかったので。あら、私、勝手なことを……あなたのご予定は？」

「別に。でも、ガイドにしてくれるなら充実の一日になりそうだ。じゃあ、北鎌倉だけでも見所は一杯だから、次は東慶寺。それから浄智寺《じょうちじ》。その次は明月院で、建長寺も。そこから鶴岡八幡宮は近いから歩いて行けるし、また別の寺に行ってもいい。夕方までたっぷりと案内できる」

「甘えさせて戴きます」

男は笹森《ささもり》と名乗った。

浄智寺の曇華殿《どんげでん》と呼ばれている仏殿には、向かって左から阿弥陀如来《あみだにょらい》、釈迦如来《しゃかにょらい》、弥勒菩薩座像《みろくぼさつざぞう》があり、白い衣の袖と裾が台座から垂れている。

「左の阿弥陀如来が過去、真ん中の釈迦如来が現在、右の弥勒菩薩が未来を表してるんだ」

笹森はそう言って賽銭を投げ入れ、手を合わせた。

春華は左の過去という阿弥陀如来から現在の釈迦如来、未来の弥勒菩薩へと視線を留めながら眺めていった。

「現在はすぐに過去になるんですね」

「うん？」

「お会いした時間も過去です」

「確かに。現在はこの一瞬だけ。一分前も、いや一秒前も過去だな」

「つまり、考えてみると、私たちには未来しかないということですね」

「未来しかないか。当たり前のことなのに、そんなこと、考えたこともなかった。哲学者のようなことを考えるんだな」

「哲学者みたいだなんて。私も、今初めて気づいたんです。でも、本当は未来もなく、ただ現在だけなのかもしれませんね……」

「いや、過去は終わった時間。現在は一瞬。春華さんが言ったように、きっと、あるのは未来だけだ」

笹森に断定的に言われ、人には未来しかないと意識した途端、春華の中で何かが変わっていくようだった。

「再婚なさらないの？」

「縁があれば」

笹森が笑みを浮かべた。

曇華殿の左脇の道を歩きながら、春華は妙に落ち着かなくなった。

墓地の手前の小さな竹林を右に折れた。観光客の姿もない。笹森が春華の手をさりげなく取った。

まるで初めて恋をした少女のように、春華の鼓動が激しく乱れた。

「この近くに住んでるんだ。我が家で美味しいお茶をご馳走したくなった。せっかくの旅行なのに時間の無駄かな。ひとり旅の女性を誘うなんて危険人物だろうし」

笹森が笑った。

「危険な大人って魅力的だわ」

動揺を押し隠しながらそう言った春華は、笹森の手を軽く握り返した。

浄智寺を出て横須賀線の線路を渡り、明月院に向かって明月川沿いに歩いて行くと笹森の家があった。

こぢんまりした平屋の建物は石段を上った高台にあり、玄関先に花蘇芳《はなずおう》が咲いていた。濃いピンクの花が枝を隠すようにびっしりと覆《おお》っている。

「まあ、綺麗」

「女房が植えたんだが、後で花言葉を知ってしょげていた」

玄関を開けながら笹森が苦笑した。

「どんな花言葉ですか？」

「花言葉はひとつじゃないからいいのもあるんだ。高貴とか、豊かな生涯とか。でも、ヨーロッパじゃ、ユダの木と言われているらしい」

「ユダの木？」

「ああ。あのキリストを裏切ったユダが……いや、その先はやめておこう。人の煽《おだ》てに乗りやすいというのもあった。せっかく来てくれたのにつまらない話はやめだ。花言葉なんていくつもあって、みんなが勝手につけてるだけだ」

「私なら夢とか希望とつけたいわ。葉が出る前に、木肌が見えなくなるほどの花をつけるんですもの。ぴったりでしょう？」

「夢とか希望なら、浄智寺の話の続きで、未来というのもいいかもしれない。未来という花言葉、どうだ？」

玄関に入った春華の足元に、笹森がスリッパを置いた。

リビングから小さな庭が見える。山吹の花が咲いている。地面が十二単《じゅうにひとえ》らしい薄紫に染まった一角がある。

大きなソファに座ってキッチンに消えた笹森を待つ間、春華は落ち着かなかった。

「桜茶をもらったものの、ひとり暮らしじゃ、なかなか飲み終えない。緑茶に桜の葉が混じっているんだ」

ガラステーブルに湯飲みをふたつ並べて置いた笹森は、春華の右横に座ってお茶を勧めた。

桜茶はほのかに甘くもあり、優しい日差しを連想させるような味だった。

「もうどのくらいおひとり?」

「あっという間に二年半だ」

どうして亡くなったか、訊こうとしてやめた。

「その間、ここに来た女性は私で何人目かしら?」

妻の死の原因を尋ねようとした後で、どうしてそんな言葉が出たのか、春華にもわからなかった。はっとして口を噤《つぐ》んだが、笹森は予想外にクッと笑った。

「今日はまちがいなく初めてだが、二年半で五十人だったか百人だったかは忘れてしまった」

いかにも冗談といった口調だ。

「春華さんは危険な男の部屋に入るのは何回目だ」

そう返した笹森は、愉快そうに春華を見つめた。

「結婚して初めて……」

「ということは、そろそろ夫婦生活の倦怠期か。でないと、危険な男の部屋まで来るわけがないな」

心を見抜かれている。

「夫はいつも浮気してるわ。私は見て見ぬ振り。もう私にとって男としての魅力はないわ。そんな人に抱かれる気もないし」

咲恵にも話したことがないような赤裸々なことを話す自分に春華は煽られた。

「どうして離婚しないかって思うでしょう？　ふたりでいれば互いに便利なこともあるの。それに、結婚するのは簡単でも、別れるのは面倒な手続きが多いわ。ふたりの名義になってるマンションもあるし。それに、離婚したら元の姓に戻りたいと思っても、そうなると、カードから何から全部名義変更もしなくちゃいけないわ。会社で使ってる名刺も刷り替えなくちゃ」

どうしてそんなことを話しているのか、春華はいつもとちがう自分に戸惑いながら、好意を持った男の前で嫌われそうなことを口にする自分に苛立《いらだ》ちも感じていた。

また笹森が笑った。

「本当に面倒なことだらけだ。色々な名義変更を考えると、見て見ぬ振りができる間はそれもいいかもしれない。それにしても、松嶺院の前で見かけた時と今の春華さんと別人みたいだ」

「ごめんなさい。つまらない女でがっかりしたでしょう？　家にまで呼んで戴いていながら」

「いや、気に入った。浄智寺で、危険な大人は魅力的だと言ってくれたしな」

抱き寄せられた時、春華の心臓はドクドクと飛び出しそうなほど高鳴った。拒絶する気はなかった。この時を待っていた。

出会ってすぐにオスを剝《む》き出しにされていたら、さりげなくかわしていただろう。最初に紳士の姿を見せられ、すっかり安心させられたところで、さっと生け捕りにされたような気がした。だが、生け捕りにされることを願っていたのは春華の方だ。

笹森の舌が唇を割って入り込み、唾液をむさぼった。瞬時に春華のうなじがそそけ立った。忘れていた快感だった。

春華も舌を差し入れ、笹森の舌と絡ませた。春華の舌を押し退けるようにして、笹森が唾液を奪い取った。春華も負けじと舌を動かした。

唇から全身へと悦楽の波が広がっていく。春華は、むさぼられているのかむさぼっているのかわからなくなった。

激しく舌を動かす春華の鼻から、熱い息が洩れた。笹森の背中にまわした腕の力を強め、春華はいっそう大胆に舌を動かした。

「んふ……」

くぐもった喘《あえ》ぎがこぼれ出た。

舌を動かしながら笹森の手はセーター越しに春華の乳房を包んで揉みほぐした。いっそう荒い息が春華の鼻からこぼれ出た。

乳房を揉みほぐしていた手は、次にセーターの中に入り込み、ブラジャーの上から何度かふくらみを揉みほぐした。それから背中にまわった手でブラジャーのホックを外し、背中を撫でまわして、また乳房に戻ってふくらみ全体を包み込んだ。

「んんぐ……」

乳首だけをいじられ、快感は一気に下腹部へと走り抜けた。笹森の指が憎らしい。そう思えるほど、微妙な動きで総身を滾《たぎ》らせていった。

顔を離した笹森が春華を見つめた。春華は眉間に皺を寄せ、切なそうな目を向けた。

「色っぽすぎる」

オスの目をして言った笹森は、春華のセーターを捲り上げた。そのまま脱がせようとする笹森に、春華はさりげなく腕を動かして手伝った。

ブラジャーのストラップも肩から落ちると、ふくらみに顔を埋めた笹森が乳首を軽く吸い上げた。

「あう……」

久々の乳首への愛撫に、一気に快感が駆け抜けた。

小さな果実を吸われては舐めまわされ、時には甘噛みされ、神経の塊《かたまり》のようになった乳首から快感は四方八方へと広がっていき、下腹部の肉のマメもトクトクと脈打ち始めた。

「んん……ああっ……あう」

焦らさないで……。

春華は喉まで出かかっている言葉を出せず、大きな喘ぎを洩らした。それでも変わらない笹森の舌や唇の動きに、胸を突き出し、肩先をくねらせ、感じすぎていることを訴えようとした。

焦れったい刺激で乳首を舐めまわしている笹森が、再び唇を奪うと、唾液をむさぼりながらデニムのパンツのホックを外し、わずかにチャックを下ろして手を入れた。

ショーツ越しに翳《かげ》りを載せた肉マンジュウを撫でさすられるだけで、いっそううるみが溢《あふ》れ出た。

鼻から湿った喘ぎをこぼす春華は、催促するように激しく舌を動かした。

上半身には何も身につけていないというのに体温が上昇し、うっすら汗ばんできた。

ショーツの湿りは確かめるまでもない。指先に感じる淫らな湿りを、笹森はどう感じているだろう。羞恥《しゅうち》と昂ぶりに、春華はかつてないほど大胆に舌を動かした。

「うぐ……」

指がショーツの脇から入り込み、肉マンジュウのほころびを何度か行き来すると、湿ったワレメにそっと潜り込んだ。

女の器官を観察するように、指は二枚の花びらを伝い、肉のマメを包んだ細長いサヤにも触れ、花びら脇の肉の溝にも触れていった。

「ぐっしょりだ」

顔を離した笹森が春華を見つめた。

指がショーツの脇から入り込んでいるというだけで猥褻《わいせつ》だ。春華はそのいやらしさにも昂ぶった。

「欲しい……こんな気持ちになるなんて……」

「最後のセックスはいつだ」

思いもしなかった質問だった。

春華はコクッと喉を鳴らした。

「二、三ヵ月……いえ……もっと」

春華の声が掠れた。

笹森の問いに答えたことも、夫婦の間で長くセックスがないことを告白したのも恥ずかしかった。

「夫の務めを果たしてないな。こんないい女を。ずいぶん濡れてる。セックスが嫌いじゃないだろう？」

好きですとは言えなかった。

「奥さんが亡くなってから私で何人目？」

笹森の問いから逃れたいと、ふっとそんな言葉が滑り出た。

「素人は初めてだ」

「じゃあ、風俗……？」

「後腐れがない。だけど、虚《むな》しい。しばらく行ってない」

「シャワーを浴びさせて」

愛してもいない女との営みが虚しいと言った笹森に、すぐにでも抱かれたかった。

「シャワーか。でも、その前に」

唇をゆるめた笹森は、外性器をいじっていたショーツの中の指を、ぬめった秘口に押し込んだ。

「んんんっ……」

女壺の奥へと向かう指は肉茎とは比べられないほど細いというのに、魂までとろけそうなほど心地よかった。

自分の指で慰める時、春華は外側の器官しか触らない。指を入れると爪で肉のヒダを傷つけるようで恐かった。

もうどれだけ女壺に太い物が入っていないだろう。指の挿入でこれほど心地いいのなら、笹森のものが入ってきたら、どれほど感じるだろう。

女壺に沈むだけ沈んで止まった指をもっと受け入れたいと、春華は腰を心持ち突き出してくねらせた。

「滾ってる。今までの女の中でいちばん熱い。合体したら大事な物が溶かされそうだ」

指がすぐに出されて落胆したものの、今度は二本になって沈んでいった。

「はあああっ……いい……オユビだけでも……すごく……ああっ……気持ちいい」

「こんなに感じる躰《からだ》なのに、しばらくしていないとはもったいない。毎日でもしたいんだろう？　いや、二日か三日に一度でいいか」

笹森が笑った。

「ああっ……」

女壺の中で沈んだり浮いたりする指は、いつしか溢れる蜜をクチュクチュッと破廉恥な音をさせて汲み出すようになった。

「ああ、いや……」

「いやらしい音にいやらしい匂い……くらくらする。だんだんアソコの匂いが濃くなってきた」

「いやっ！」

言われて初めて、秘園から女の匂いが漂っているような気がして、春華は慌てた。だが、腰にまわっている笹森の左手にグイと締めつけられ、その場から動くことはできなかった。

「メスの強烈なフェロモンだ。男はこの匂いを嗅ぐと獣になる。襲いたいのを我慢するのは大変だ」

言葉と裏腹に、まだゆとりのある口調でそう言った笹森は、ゆっくりと出し入れしていた女壺の中の人差し指と中指を深く沈めて止めると、外に出ている親指で肉のマメの周囲をいじりまわした。

「あう……」

いちばん敏感な突起の周りを触れられ、子宮のあたりだけでなく、アヌスにまで疼《うず》きが走った。

「いく顔を見せてくれないか。それからシャワーだ。いや、シャワーはやめてもいい」

「ああ……だめ」

「どうしてそんなにセクシーな声を出すんだ。ぞくぞくする」

「あは……」

笹森の親指が、肉のマメを包むぬめついた包皮をいじりまわすと、法悦の波が一気に押し寄せてきた。もうどうなってもいいと、春華は肉の虜《とりこ》になっていた。

「いじりまわすだけで気持ちがいい。壺の中の指は熱くて火傷《やけど》しそうで、オマメの周りはぬるぬるで滑る。むらむらする。これでいけるか」

親指が肉のマメの周辺を丸く揉みほぐした。優しく卑猥な指だ。大きなものが躰の中から突き上げてくる。

「あう……もうすぐ……あっ……んんっ！」

絶頂の大波が春華の総身を駆け抜けた。

顎と胸を突き出した春華は、かろうじて腰をソファにのせたまま、小刻みに打ち震えた。

女壺の中の笹森の指が上下に動き始めた。

「ヒッ！」

大きな法悦が収まっていない時に敏感になっている肉ヒダを擦られ、感じすぎて耐えられない。春華は指から逃れるため、腰を引こうとした。だが、左腕でがっしりと引き寄せられていては逃げることができず、強烈な法悦が繰り返されるばかりだ。

「い、い、いやあ！」

春華は全力で抗った。

ようやく笹森の指が女壺から抜けた。

激しく体力を使い、ひととき放心していた春華は、笹森が蜜にまみれた指を鼻先に近づけたのを見て我に返った。

「だめっ！」

「いい匂いを嗅いだら二十歳の頃に戻ったようだ」

笹森がにやりとした。

「シャワーはお預けだ。いい歳になっていながら堪えきれなくなった」

「もう少ししてから……」

「こんなになってるのにお預けか？」

手を取られ、笹森の太腿《ふともも》のあわいに導かれた。硬いものが指先に触れた瞬間、春華の胸がひときわ大きく喘いだ。

「シャワーを浴びてから……」

「裸になるにはシャワーもいいか」

腰にまわっていた笹森の腕が離れた。

春華とはちがい、笹森には余裕がある。若い男ならこうはいかないし、歳を重ねていても余裕のない男はいる。時間とともに笹森の魅力が増していく。


浴室に入ればすぐに笹森も入ってくるのではないかと思ったが、それならなおさら、シャワーを浴びて汗ばんだ躰を流すのが先決だ。春華は火照りの残る総身に湯を掛け、蜜にまみれた秘芯や女の器官を丁寧に指で洗った。

久々に激しい法悦を味わい、ここに来る前の自分とは別人のようだ。夫とは仮面夫婦を続けていたが、女の悦びを味わってしまうと、過ぎていく時間が惜しくなる。取り返せない過ぎた時間が惜しい。

春華を隠《かく》れ蓑《みの》に次々と情事を楽しんでいる咲恵を羨ましいと思いながらも、箇単に男と躰を重ねることなどできそうになかった。咲恵への羨望はあったが、肉の渇きを癒す相手は誰でもいいとは思えなかった。

　春華にとって魅力ある男は現れなかった。咲恵のように気軽な恋はできなかった。それが、今は笹森に魅せられ、下腹部を念入りに洗っている。指で愛された余韻が続いている。

　肉の渇きを癒すため、春華は時折、指で慰めていたが、笹森から受けた愛撫の方が心地いい。春華の顔を見つめながら指を動かしていた笹森を思い出すだけで、脳も下腹部も疼く。猥褻な気持ちで満たされている。

　怖気立つような不快感を伴うだけの卑褻なものもあるが、笹森の淫猥さには魅せられる。

　磨りガラスのドアの向こうで黒い影が動き、裸の笹森が入ってきた。

「もうアソコは洗ったのか。いい匂いが消えるのはもったいないな。脱衣場にバスタオルを置いてある。使ってくれ。ここで襲いたいのは山々だが、二十歳の若者のようにはいかないからな。それとも、立ったまましたいか？」

　悪戯っぽく尋ねる笹森に、春華は反射的に首を振った。だが、立ったまま犯されたい気もした。

浴室を出て躰を拭《ふ》いていると、あっという間に笹森が出て来た。

「逃げられるかもしれないと不安になった」

だが、そんなことは思っていないとわかる口調だ。

「若いなら、浴室でして、ここでもして、また他でして」

笹森は愉快そうだ。

「そんなことはできなくなったが、その分、こってり楽しめるようになった。だんだん量より質になる。特に女はそうじゃないのか？」

春華の胸が喘いだ。


「風呂でしなかったのは」

ベッドに横になった時、笹森が思わせぶりな口調で言った。

「ムスコを入れる前にアソコの味見がしたかったからだ」

春華の鼻から熱く湿った息がこぼれた。

唇を塞がれ、居間で交わしたような激しい口づけが始まった。笹森の手は乳房を探ってしばらく揉みほぐすように動いていたが、下腹部へと這い下りていき、漆黒《しっこく》の翳りを載せた肉マンジュウを撫でまわした。

すぐにワレメに入ろうとはせず、内腿《うちもも》や鼠蹊部《そけいぶ》だけを撫でまわす笹森に、唾液をむさぼる春華は先をねだるように腰をくねらせた。だが、笹森の手は女の器官からは遠い場所だけを這っている。

春華は誘うように自ら太腿をくつろげていった。

笹森が顔を離した。

「触られなくても、アソコ、濡れてるんだろう？」

唇をゆるめると同時に、さっと躰を動かした笹森は、春華の太腿を押し上げてMの字にすると、ぬめつく女園を凝視した。

「あう……だめ」

唐突な行為が恥ずかしかった。

「ほう、想像以上の花園だ」

「そんなに……見ないで」

春華は足を閉じようとした。

「あうっ！」

次に笹森の頭は太腿の狭間に埋もれ、べっとりとぬめった女園を舐め上げた。

羞恥より久々の口戯による快感に酔いしれた。結婚してからほとんど口戯はなくなり、三年もするとおざなりのセックスになった。夫の一方的な行為で春華は法悦を迎えることもなくなり、いつも絶頂を装った。そして、時折、指で慰めた。

「ああう……はあああっ」

舌の動きも強さもちょうどいい。とろとろとろとろと躰が溶けていく。

「んんっ……いい……はああっ」

すぐにぺちゃぺちゃ……と、卑猥な舐め音がするようになった。

強すぎる舌戯は痛みが走る。まどろっこし過ぎる舌戯も苛立ちがつのる。だが、笹森の舌戯は絶妙だ。

花びらの尾根を舌先で滑った後は脇の溝を舐めまわす。舐めるだけでなく、強弱をつけてつついたり吸い上げたり、ひとときもじっとしていることがない。秘口の周りを舐めていた舌が、女壺にも入り込んだ。

「んんっ……」

快感に腰がくねった。

「口だけで満足させてしまうと、ムスコはいらないと言われそうだな」

「入れて……」

もう少し舌戯の心地よさを味わっていたかった。だが、顔を上げた笹森にそれを口にすることができず、挿入をねだる言葉を口にした。

「入れるのは簡単だが、二度も三度もできないから、ご馳走を平らげるのは最後の最後だ」

そう言って笑った笹森は、ふたたび太腿のあわいに頭を突っ込むと、蜜にまみれた女の器官を舐めまわした。

敏感な肉のマメをよけて、細長い肉のサヤや花びらやその周辺、会陰などを絶妙の動きで愛でていく。

「ああ……はあああああっ……」

漣《さざなみ》のような絶頂が繰り返し総身を包み込んでいく。初めて体験する法悦だった。頂上まで行って弾《はじ》けて終わる大きな法悦ではなく、弾けないで何度も押し寄せてくる夢のような快感だ。途切れることなく全身を浸していく。

かつて咲恵が何十回も繰り返し訪れるエクスタシーを与えてくれる相手でないとつまらないと言っていたが、そんな法悦など信じられなかった。だが、今、確かにここにある。上質の酒に酔っているようだ。

「いい……気持ちいい……はあっ……オクチ……好き……」

春華は力を抜き、絶え間なく訪れる喜悦の波間を漂った。

どれほど贅沢《ぜいたく》な快感に恍惚としていただろう。笹森が秘部から顔を離した。

「美味い。他のところも味見させてくれ」

ひっくり返され、うなじから背中へと舌は這い、臀部《でんぶ》へと下りていった。

「んんん……はああっ」

幾度も繰り返された法悦の余韻もあり、どこを触れられても感じる。

「あっ！」

うっとりと舌戯に浸っていた時、尻肉を大きく左右に割られ、春華は慌てた。

「ぐっ！　だめっ！」

後ろのすぼまりを舌でこねまわされた時、激しい羞恥が駆け抜けた。

「い、いやっ！　んんっ！」

逃げようとしたが、腰をがっしりと押さえ込まれ、激しい屈辱に動転した。

女の器官を愛でられていた時の心地よさはなく、ただ羞恥が駆け抜けるばかりだ。

「だめっ！　ヒッ！」

屈辱的な口戯から、汗まみれになって逃れようとした。

「くっ！　んん……んんん……ああああ……」

嫌悪感しかなかった後ろの排泄器官への口戯が、徐々に妖しい快感に変わっていった。

「あぁっ……い……や……だめ……はあぁあっ……」

春華は恐ろしいほどに感じていた。排泄器官を舐めまわされ、恥辱にまみれていたというのに、いつしか髪の生え際までそそけ立つような快感が過ぎっている。どうにでもしてと、被虐的な気持ちになり、力が抜けた。

「あう」

腰を思いきり掬《すく》い上げられ、尻が高々と持ち上がった。その破廉恥な格好のまま、尻肉が左右に割られた。

笹森のなすがまま、抗う気持ちは失《う》せている。それより、興奮で春華の胸が大きく喘いだ。

「後ろから見ると頭が沸騰しそうになる。さすがに限界だ」

やっと貫いてもらえると、春華はいっそう昂ぶり、息苦しかった。だが、笹森は動かなかった。

「いや……見ないで」

じっとしていることができなくなり、春華はシーツに押しつけている頭を動かし、肩越しに振り返った。

「こんなに熱くなるのは久しぶりだ。人妻とわかっていながら惚れたらどうする？」

まだまだ気持ちにゆとりのありそうな笹森が肉茎の先を秘口に押し当て、味わうようにゆっくりと沈めていった。

「はあああああっ」

肉のヒダを押し広げられていく感触が、とてつもなく心地よかった。夫との性愛で、これほど甘美な感覚を味わったことはない。

奥まで沈んだ屹立《きつりつ》はゆっくりと引かれ、また沈み、ぐぬりと女壺のヒダを探るように動いた。女壺から全身へと、粟立つような快感が広がった。

「後ろからは抜群だ。だけど、初めてなのに顔を見ないでするのは惜しい」

笹森は結合が外れないように側位に移ると、いっそう深く合体して肉のマメの周辺をいじりまわした。

「あう……いやらしい人」

向かい合ってはいないが顔を見下ろしている笹森がわかるだけに、羞恥や緊張のあまり、春華の口からそんな言葉が滑り出た。

「いやらしくない方がいいのか」

愉快そうに言った笹森は、密着している秘部をさらに押しつけ、結合が外れないようにゆっくりと側位から正常位へと体位を変えた。

「こんなに楽しくてやり甲斐のあるセックスは久しぶりだ」

ゆっくりとした抽送が始まった。

肉のヒダを押し広げて進む肉茎に、背中や足指の先まで快感が広がっていく。そのゆったりした出し入れだけで、絶頂を迎えなくてもいいと思えるほどの悦びだ。

「いい……こんなに気持ちいいの……初めて」

笹原は速度や動きを変化させながら春華を責めた。

「いっていいから……もう満足だから」

春華も動きに合わせて腰を動かしていたが、ゆったりした動きでも笹森は疲れる頃だろう。

笹森の腰が今までとちがう動きに変わった。ラストスパートの激しい出し入れだ。子宮が粉々に砕けるかと思えるような急激な変化だった。

「ぐっ！　んんっ！　あうっ！」

膣で絶頂を迎えるのは難しい。だが、今までとちがう妖しい感覚が体奥で生まれ、容量を増し、迫ってくる。とてつもなく大きく膨らんでいる。

もうじき弾ける……。

そう思った時、肉杭が女壺の奥をこれまで以上に激しく一撃した。

「くっ！」

絶頂の大波が駆け抜けていった。

顎を突き出し胸を反り返らせた春華と一緒に、笹森も白濁液を噴きこぼして果てた。

結合を解いて並んで天井を見つめていた時、春華のケイタイが鳴った。咲恵からとわかり、放っておいたが、鳴り止んでしばらくしてまたコール音が鳴った。

今の時間を邪魔されたくなかったが、切れても、また掛かってくる。やむなくケイタイを取った。

「もしかして電車？　メールにしようかと思ったところよ。夕食、あと一時間ぐらいしてからどう？」

「鎌倉で食べるから私はいいわ」

「そこまで気を遣わなくていいのよ。朝からたっぷり楽しんだから」

肉の匂いのする言葉だった。

「素敵なマスターがいるお店を見つけたの。今夜は邪魔しないで」

春華は笹森に視線をやって笑った。

「あら、そんなことあるんだ。心配して損しちゃった。ほんとにいいのね？　彼と食べちゃうわよ」

「朝まで帰らないかも」

「はいはい、頑張って」

冗談としか思っていないとわかる咲恵が電話を切った。

「私は友達との旅行で、いつも不倫の隠れ蓑に使われていたの。でも、自分がこんなことになるとは思いもしなかったわ」

「不倫か。私は本気になりそうだ」

嬉しい言葉だった。

これからは春華が咲恵との旅を隠れ蓑に、また鎌倉を訪れることになるだろう。

旅の終着点になれば……。

ふっとそんなことまで考えた。

果てた後の笹森がすぐには再開できないとわかっていても、春華は萎えた肉茎に手を伸ばし、愛しいと思いながら、そっと握り締めていた。

もっと深く

夫が他界して一年になろうとしている。庭に咲いている八重咲き桔梗《ききょう》の茂みから、涼やかな虫の音が聞こえてくるようになった。まだ暑い日が続いているが、夏は終わりに近づいている。

八重咲き桔梗は淡い紫、白に薄い紫の筋が入ったもの、白の三種が咲いており、彩りが清楚で美しい。毎年咲き、少しずつ増えている。

可憐に見える花だが六月から咲き始め、切り戻しさえうまくやっていれば、十月どころか十一月まで咲き続ける強い花だ。

庭に出た紗月《さつき》は三色の桔梗を選んで切ると、まず仏壇に供え、残りはリビングに飾った。

何かの雑誌で桔梗の花言葉を知ったのは何年前だっただろう。

「永遠の愛」「誠実」「清楚」「従順」とあり、変わらぬ愛、変わらぬ心とも書かれていた。

結婚してからの紗月は夫しか知らない。恐らく夫も、外で別の女と遊んだことはなかっただろう。

夫は紗月よりひとまわり年上で、享年五十四歳だった。働き盛りの夫は胃が痛いと言っていたが、つき合いでの呑み過ぎや仕事のストレスからだと思っていた。夫もそう言っていたし、毎年、人間ドックも受けており、甘く見ていた。

一気に進行する不幸なガンだった。去年のドックで医師が初期のガンを見落としたのかもしれないと思ったが、今さら死んだ人間が生き返るはずもない。

短い入院で逝《い》ってしまっただけに、紗月は深い哀しみに包まれた。葬儀の後、しばらく手続きなどの雑用に追われていたが、今では落ち着いた。だが、それに反比例するように、熟れた女の躰《からだ》は疼《うず》き、夜になると目が冴え、今では朝から火照る躰を持て余すようになった。

二十八歳の時、結婚した。夫は再婚だった。どうしてこんな優しい男と前妻は別れたのだろうと思っていたが、同居していた姑《しゅうとめ》とうまくいかず、あげくに出ていったのだという。

父親を早く亡くし、苦労した母親に育てられただけに、夫は母親との別居は考えたこともなかったらしい。

前妻は一緒になってみると短気で、始終苛々《いらいら》していたという。母親と前妻の狭間でストレスを感じていた夫は、別居しないと離婚すると言った彼女に、別れるなら別れてもいいかとそう悩みもせず、穏やかな生活を取り戻すために離婚したという。姑も亡くなり、夫は四十歳を迎えてから再婚する気になったのだ。

最初のうち、夫婦の営みは頻繁で、たまにはゆっくり休みたいと思うほどだった。母親と同居の時は遠慮がちなセックスだったらしいが、初めてふたりきりの生活になり、周囲を気にしなくてよくなったと夫に言われたことがあった。そして、大きな声を出しても大丈夫だからと言われ、夫はそんな声に興奮するようだと、何となくわかるようになった。

紗月に夢中だった夫だが、四十代半ば頃からは極端に営みの回数が少なくなった。仕事が多忙で帰宅も遅く、疲れているのがわかるだけに我慢するしかなかった。

夫が出張で留守の夜は、ベッドに入ると恥ずかしい想像をしながら、こっそりと秘園で指を動かして果てた。

もうどれだけ女壺に太い物を迎えていないだろう。指で花びらや肉のマメをもてあそんで果てることはできても、やはり太い物で貫いてもらいたい。肉のマメでしか法悦を迎えられなかった若い時とちがい、いつしか肉のヒダでも快感を得られるようになっている。

貫かれる時の総身がそそけ立つような快感を二度と味わえないのかと思うと、なおさら狂おしくなる。

肉茎の代わりになる大人の玩具《おもちゃ》は、夫が持ち帰った週刊誌に載っていた通販の写真で見たことがあった。だが、当時、そんな道具は必要なく、破廉恥な玩具に赤面し、慌ててページを閉じたものだった。しかし、今になってその写真を思い出し、雑誌さえ残っていればこっそりと玩具を手に入れられたかもしれないと、口惜しかった。

何か肉茎の代わりになるものはないかと考えた時、紗月は我に返って溜息をついた。清楚な桔梗の花を前にして破廉恥なことを考えている自分に、これから先どうしていけばいいのかと暗澹《あんたん》たる気持ちになった。生活のことではなく、肉の渇きをどうやって癒せばいいかわからない。一周忌を前に、こんなにも早く欲情している自分に、紗月はうしろめたさを感じた。

まだ四十二歳だ。若い時は、このくらいの歳になればセックスなどしなくなるだろうと思っていた。だが、予想は完全に外れた。じっとしていると女壺の中や肉のマメがむず痒いようなたまらない気持ちになり、そのまま眠ることができなくなる。

下腹部に腕を伸ばし、ショーツに潜り込ませると、肉マンジュウのワレメに指を入れ、花びらや肉のマメをいじって果てる日が続いた。

そのうちに大胆になり、わざとショーツを太腿《ふともも》までずり下ろしていじってみたり、左の指で肉マンジュウを大きくくつろげたまま右の指でいじったりすると、破廉恥さが増してきた。

恥ずかしいことをするのはいつも夜だった。それが、今日は明るいうちからじっとしていられなくなっている。それも、いつもとちがい、指で女の器官をもてあそぶくらいでは我慢できそうになく、中心を貫かれたくてたまらない。

紗月はまた肉茎の代わりになるものはないかと考え始めた。

口紅では小さすぎる。底の丸い化粧瓶は大きすぎる気がするし、平らな面がいやだった。キッチンや洗面所には理想のものがなく、紗月は落胆した。

やがて反り返ったバナナが脳裏に浮かび、それなら肉茎の代わりになるだろうと昂《たか》ぶった。だが、淫らなことを考えていない時は簡単に買えるものでも、意識してしまうと、売り場やレジで破廉恥な心中を見抜かれるような気がして、怖じ気づいた。

これから一生、男に抱かれることなく過ごすのは耐えられそうにない。なぜこんな堪《こら》え性《しょう》のない女になってしまったのだろう。

また結婚前につき合っていた紺野《こんの》の顔が浮かんだ。最近、毎日のように紺野のことを考えている。

すでに妻子のある男だった。十六歳年上の紺野は、別れる時は四十代半ばだったので、今は五十代後半になっているはずだ。

最初に勤めた会社の上司だった。みんなに信頼され、仕事のできる男だった。食事に誘われた時は有頂天になった。ホテルに誘われて身を任せてしまった時から、満ち足りた毎日になった。

だが、夢中になるほどに、妻子や会社に知られたらどうなるだろうと、恐怖やストレスに苛《さいな》まれるようになり、会社に行く前に腹痛や頭痛に襲われるようになった。

病院でストレスからだろうと言われ、心当たりはないかと訊かれた。不倫の恋をしていると言えるはずもなく、神経を使う仕事なのでと言うしかなかった。

紺野への執着が大きかっただけに、会社で他人の顔をしていなければならないことが、いつしか悦びから苦痛になっていた。夜も眠れないほど悩んだあげく、親を介護しなければならなくなったと嘘をつき、退職した。

紺野には、このまま関係を続けるのが恐いと、本心を打ち明けて別れた。

『そろそろ結婚したいと思うようになったんじゃないのか？　紗月のような美人で魅力ある女を引き留めるわけにはいかないな。だけど、結婚して亭主に飽きて浮気でもしたくなったら連絡してくれ』

紺野は思ったよりさっぱりしていた。

安堵と落胆と半々だった。

愛されていたのではなく、遊ばれていただけだろうかと疑念が湧いた。紺野は紗月が会社を辞めたことでほっとしているのかもしれないとも思った。会社を辞めなければよかったと、紺野への未練と恨みで揺れた。

半年ほどして電話をしてみると北海道支社に転勤したばかりと言われ、その距離がふたりの距離のような気がして、それきりになった。

紗月の次の仕事は、大きな介護施設の事務だった。ヘルパーとちがい、早出や夜勤などの勤務はないが、土日に面会にやってくる家族も多く、その対応もしなければならない。事務方の休みは月ごとに組まれ、土日に休めるとは限らないが、結婚してからも仕事は続け、今に至っている。

今日は金曜で明日まで休みだ。まだ十時を過ぎたばかりで紺野は仕事中だろう。東京の本社に戻って来ているのか、地方にいるのか、それすらわからない。ともかく、五時を過ぎてから掛けてみようと思った。だが、三十分もしないうちに耐えられなくなった。

いざ電話を掛けるとなると動悸がした。

別れたのは紗月が二十代半ば過ぎの時で、今では四十二歳になってしまった。別れて何年経ったか考えた時、自分の考えは何と愚かだろうと思った。

ケイタイ番号も変わっているかもしれない。たとえ変わっていなくても、名前さえ忘れられているかもしれない。

また迷った。

愚かなことはわかっている。だが、一度は掛けてみなければ、これから紺野を気にして過ごすことになるだろう。最悪の結果になるとしても掛けてみようと決心した。

二十歳の時から、手帳だけは保存している。

手帳の隅にメモしていた紺野の番号を見つけた時、さらに激しい動悸がした。

深呼吸して番号を押した。だが、すぐに留守電に替わった。

ただ今、電話に出ることができません……。

その機械的な女の声を聞いた瞬間、紗月は電話を切っていた。

こんなことで怖じ気づいている自分がわかり、紗月は溜息をついた。そして、留守電に名前だけ入れておけば、その気があれば掛け直してくれるだろうと考え直した。仕事中や電車で移動中なら電話を取れるはずもない。

再度、電話すると、すぐに留守電に替わった。今度はさっきより冷静でいられた。

「お久しぶりです。蘆谷《あしや》紗月です。よろしかったらお電話下さい」

旧姓で名前を入れて切った。

掛けた相手は紺野かどうか、十年以上経っているのでわからない。だが、紺野の番号が変わっていなければ、掛けてくれるかもしれない。それとも、無視されるだろうか。

ソファに座ってテーブルに置いたスマートフォンを眺める紗月は、何も手につかなくなった。

一分さえ、とてつもなく長く感じる。まして一時間を過ぎると、途方もない時間、待ち続けている気がした。時間の経過とともに期待が薄れていった。

正午を過ぎると、昼休みになっても連絡がないのは、別人の番号になっているか、紺野に拒否されているためと思うようになった。連絡したことを後悔した。

十二時を三十分過ぎた頃、電話が鳴った。心騒いだ。

「はい……」

「紺野です」

懐かしい声に熱くなった。

「掛かってこないかと思ってたのに……」

長い時間の重圧から解放され、つい甘えた口調になった。

「午前中から大事な会議で、昼過ぎまで掛かったんだ。電話してくれるとは驚いた。夫婦喧嘩でもして自棄酒《やけざけ》でも呑みたいのならつき合うぞ。ただ、アフターファイブでないと無理だ。夜になる」

「今夜、会ってくれるの?」

信じられない言葉だった。本社に戻ってきているのは、訊くまでもなかった。

「会う気があるようだな。晩飯も大丈夫か?　どこかを予約しておいてもいい。亭主は出張か」

「去年……亡くなったの」

そう言うと、不意に嗚咽《おえつ》が洩れ出し、自分でも驚いた。夫を喪った哀しみというより、女として悶々としている哀しみのような気がした。


六時に東京駅に着いたら電話をくれと言われていた紗月は、早めに家を出て東京駅の地下街で時間を潰《つぶ》した。

気が急《せ》いたが、六時ちょうどに電話した。

ホテルの名前とルームナンバーを告げられた時、途切れていた過去の時間が目の前に戻って来たようで昂ぶった。

ドアをノックする前に一呼吸置いた。その時、唐突にドアが開き、驚いた紗月は声を上げそうになった。

「そろそろだと思ってドアスコープから覗いていたんだ」

グイと手を引っ張られ、入るとすぐにドアが閉まった。

「いい女になったな。昔はまだ少女みたいだったのに、今は色っぽい女だ」

何も言えないでいる紗月に対し、満面の笑みの紺野は弾《はず》んだ口調で言った。

「すっかり忘れられていると思ったのに、覚えていてくれて嬉しかった」

これまでのこと、これからのこと、他にもあれこれと話そうと思っていたというのに、紺野が口を開いている間、言葉を挟む余地がない。

「晩飯はもう少し後でいいな。ひと汗掻いてうんと腹が減ってからにしよう」

紺野はすでにその気になっている。

もしかして、夫を亡くしているのが伝わっていないのではないかと戸惑った。

「シャワーを浴びるぞ。心変わりしてこっそり帰られると困るから、一緒だ」

紺野は紗月の肩先に手を置いてくるりと半回転させると、白と黒のチェック柄のノースリーブのワンピースのファスナーを下ろした。

紗月の喉がコクッと鳴った。

夫を亡くしたこと、いつ亡くなったか、なぜ亡くなったか、そんなことを話すつもりだったが何も言えなくなった。

そもそも紺野に電話したのは、そんな話がしたかったからではない。抱いてほしかっただけだ。抱いてくれるならと期待して電話した。無駄なことを省いて欲情のままに動けばいい。

ワンピースが足元に落ち、ベージュ色のスリップが現れた。

背後にいる紺野は、首を隠している紗月のセミロングの髪を左右に分けると、首筋に唇を這わせた。

「あう……」

生温かい唇がうなじに触れた瞬間、紗月の総身に、さわさわと悦楽の漣《さざなみ》が走り抜けた。

長く忘れていた舌の感触だった。夫と不仲ではなかったが、結婚生活は十四年になり、いつしか丁寧な愛撫はなくなっていた。去年の春以降は体調も悪く、夏の終わりに亡くなってしまっただけに、長い間、抱かれていない。敏感な紗月は、久々のうなじへの愛撫だけで足指や髪の生え際までそそけ立った。

「ああ……はああっ」

感じすぎて立っているのもやっとだ。紺野の左手が腰にまわり、紗月を支えていた。

「やけに色っぽい声を出すようになったんだな」

鼻からこぼれる紺野の荒い息がうなじにかかり、またぞくりとした。紺野の右手はスリップの裾から入り込み、前にまわってショーツの中に潜り込んだ。

「あう……」

汗ばんでいるとわかる肉マンジュウを撫でまわされ、紗月は熱く湿った息をこぼしながら喘《あえ》いだ。

「んっ!」

閉じたワレメに指が押し入った。

「こんなに濡れてたのか。元々濡れる女だったのに、あの頃よりもっと濡れるようになってるじゃないか。花びらも大きくなってるんじゃないか? オマメはどうだ」

ぬるぬるの女の器官を、紗月の背後から紺野の指がいじりまわした。

「あぁっ……ここじゃ……だめ……立っていられなく……なるわ……あは」

喘ぎながらやっと口にした。

「シャワーは浴びないでいいか。どうせ出る前に浴びてきたんだろう?」

「だめ……くっ!」

外性器をいじりまわしていた中指が、女壺に沈んでいった。

「ほう、煮え滾《たぎ》ってる。ココに押し込んだらムスコが大火傷《おおやけど》しそうだ」

中指が浮き沈みしたり、親指が肉のマメをくるくると丸く揉みほぐしたりした。

自分の指でいじる時とは比べものにならないほど気持ちがいい。このまま法悦を極めてしまいそうだ。

「はあっ……あぁっ…んんっ」

紗月の呼吸の間隔が短くなってきた。

「熱い……ああ、熱い」

何もかも脱ぎ捨ててしまいたい。ショーツにはシミができているだろう。ブラジャーは息苦しい。剝《は》ぎ取ってほしいのに、紺野は腰をぐいと抱いたまま、指で責め立てる。

ちゅぷちゅぷと蜜を汲み出す恥ずかしい音がしてきた。

指でヒダを擦られ、同時に肉のマメを包皮ごと揉みほぐされていると、子宮深くで燃えだした火が、みるみるうちに巨大な塊《かたまり》になって襲ってきた。

「くうっ！」

火の塊が総身を突き抜けていった。

くずおれそうになった紗月を、紺野の左腕ががっしりと支えた。

ぐったりした紗月は服を脱がされ、浴室に連れて行かれた。

紺野の肉茎が漲《みなぎ》っている。

最初に自分の股間にシャワーを掛けて清めた紺野は、両脚を軽く開いた。

「しゃぶってくれないか。これが欲しいんだろう？　それとも、指でいじられて気をやっただけでご馳走様か」

紗月の手を取った紺野は、自分の太腿のあわいに導いた。

手が触れた瞬間、硬い肉の棒がひくりと動き、紗月ははっとして手を引いた。

「もっと磨かないとしゃぶってくれないのか？　それとも、やっぱりいやか」

目の前の紺野は怒ってはいない。

久々に会ったというのに、ドアをノックする前にいきなり部屋に引っ張り込まれ、ワンピースを落とされ、背後から指でもてあそばれた。そうやって絶頂を極めた後だけに、こうして正面からまともに顔を見られるのは恥ずかしく、息苦しかった。

「いやか」

「キス……して……それから」

「オママにか」

紺野はからかうような口調で言った。

「ばか……んぐ……」

唐突に唇を塞いだ紺野は、すぐに紗月の舌に自分の舌を絡《から》ませた。そして、口の中をくすぐるように、まんべんなく這いまわった。

ねっとりした舌の動きは昔と変わっていない。かつて不倫の恋に陥ったのは、最初の強烈な口づけで心まで奪われたせいだ。今も、何もかも奪ってほしかった。奪われることで渇いた躰も侘《わび》しい心も満たされる。

最初は受け身だった紗月も、すぐに舌を動かし、紺野の唾液を奪った。そして、右手を紺野の下腹部へと持っていき、いきり立っている屹立《きつりつ》を握ると、ゆっくりと上下にしごいた。

「口がいい」

顔を離した紺野が紗月を見つめた。

「ベッドで……」

紗月は胸を大きく喘がせた。


浴室を出た紺野はベッドに横にならず、無言で縁に腰かけ、脚を開いた。

口戯を施すには跪《ひざまず》くしかなく、紗月は太腿のあわいに躰を入れて両膝をつくと、茂みの中から立ち上がっている剛直を左手で握った。

「懐かしいか」

答える代わりに、紗月は欲しくてならなかった笠の張った亀頭をぺろりと舐めた。茎は漲っているが亀頭は柔らかく、上質のゴムのような独特の感触だ。もういちど亀頭全体をひと舐めした紗月は、唇をすぼめて屹立全体に圧力をかけながら呑み込んでいった。

自分を貫いてくれる心地いい肉茎はこんな感触だったと、現実の感覚をはっきりと思い出し、昂ぶった。

屹立を唇で触れるのは何年ぶりだろう。夫が元気でも、結婚して何年もするとクンニリングスもフェラチオもなくなった。夫婦であることで、そんな行為が気恥ずかしくなったし、そこまでする新鮮な関係ではなくなった。

紗月は限界まで呑み込んだ肉茎を、今度はゆっくりと顔を上げながら出していった。二、三度、唇だけで刺激しながら浮き沈みを繰り返すと、今度は舌で側面を舐めまわしながら、すぼめた唇の刺激と同時進行させて頭を上下させた。

「おお、いい気持ちだ。上手くなったな」

頭の上で声がした。

しばらく忘れていた口戯によって、紗月はますます欲情していった。亀頭を舐めまわし、鈴口に舌先を入れるようにしてこねまわし、また肉茎を咥えて頭を上下させた。

口戯をしているうちに、エラの張ったカリを唇に引っ掛けるようにしてコリコリとしごく愛撫も思い出した。また肉茎を深く咥えていき、熱心に頭を動かした後は、裏筋に舌を這わせていった。

肉茎のひくつきで自分の行為がどれほど紺野を悦ばせているかわかり、反応が大きいと心が弾んだ。

「フクロもいじっていいぞ」

そう言われ、玉袋に触れるのを忘れていたことに気づいた。左手では肉茎の根元を握り、右の掌《てのひら》で玉袋を優しく包み込んで揉みほぐした。

「美味そうにしゃぶってくれるな。後ろまでぞくぞくする」

紺野の言葉が嬉しく、紗月は今まで以上に熱心に舌と唇で剛直を責め立てた。

「顔を上げてみろ」

ひととき動きを止めた紗月は、肉茎を口から出して声の方に顔を向けた。

「いやらしい口だ。こんなふうに亭主にしてやっていたと思うと妬《や》ける」

言葉が終わるか終わらないうちに両脇を掬《すく》い上げられ、紺野とともにベッドに転がっていた。

「すぐに入れたいが、まずは自分の匂いがついてないうちにアソコを舐めておかないとな」

「あう！」

膝が胸につくほど押し上げられて大きく割られ、白い太腿と秘園が空に浮いた。尻まで空気になぶられ、女の器官が丸見えになるほど肉マンジュウが割れている。

「べとべとじゃないか。ムスコを咥えてしゃぶるだけでこんなに濡れるとは」

「いやっ！　だめ！」

「そうか、見るだけじゃだめか」

太腿のあわいに頭を押し込んだ紺野が、肉マンジュウのくぼみで欲情しているぬめった女の器官を舐め上げた。

「んんっ！」

恐ろしいほど感じた。

紗月は白いほっそりとした首を反らし、顎を突き上げて声を上げた。

豊潤なうるみで早くも口辺《こうへん》をぬめ光らせた紺野が、膝を押し上げたまま秘園に視線をやった。

「上の口だけじゃなく、下の口もあの頃よりいやらしくなってる。見てるだけでジュースが湧いてくる。おう、尻の方にまで流れていく」

　恥ずかしすぎる言葉に、紗月は荒い息を吐きながら開いた膝を閉じようともがいた。

「よく見せろ。逃げるな。いやらしいことをしてほしくて電話してきたんだろう？　男がいなくてもいいという女もいれば、男なしじゃ生きていけない女もいる。紗月は男なしじゃだめなようだな。毎日、自分の指でココをいじりまわしてたんだろう？　バナナを押し込んで欲求不満を解消したりするのか。それとも、バイブを持ってるのか。うん？」

　紗月は熱い息をこぼすだけだった。

「返事がないということは、つまり、バイブは持ってるってことだな」

　紗月は慌てて大きく首を振った。

「うん？　持ってないのか。本当か？」

　紗月は喘ぎながら頷いた。

「亭主に使われたことはなかったのか。もっとも、玩具は女房以外と楽しむ時に使うことが多いかもしれないな。昔は若かったから使わなかったが、そろそろ使ってもいいかもしれないな」

紺野はこんなにいやらしい男だっただろうか。剝《む》き出しの秘芯も恥ずかしいが、紺野の言葉も恥ずかしくてならない、どんどん躰が熱くなってくる。蜜がとろりと溢れてはしたたり落ちていくのがわかる。それがいっそう羞恥《しゅうち》をつのらせた。

「指でいじるだけじゃもの足りなくなって電話したのか」

未亡人になって一年にもならないというのに、紺野の言葉どおりでいたたまれない。だが、夫が亡くなってから営みがなくなったのではなく、長い間、太い物で貫かれていない。

「欲しい……して……そんなに……見ないで」

「こんないい眺めはめったにないからな。花びらやオマメがいやらしいジュースでべとべとだ。早く入れてと下の口がヒクヒクしてる」

「ね、見ないで」

紗月は尻を左右にくねらせ、紺野の視線から逃れようとした。

最後に紺野と睦み合ったのは二十代の時だった。いくら色っぽくなったと言われても、あの頃の若々しい躰ではないと思うと、欲情しているにも拘《かか》わらず、急に引け目を感じた。ともかく、早く太い物で貫かれたい。貫かれて疼きを癒されたかった。

「穴があくほど眺めたら入れるか。そうか、もう穴はあいてるな」

紗月の必死の抗いをよそに、紺野がククッと笑った。

「もう少し舐めさせてくれ。それからだ」

押し上げていた脚を放した紺野は、乳房を中心に寄せると、左右の乳首を唇の先で交互にちゅるりと吸い上げた。

「んん……」

優しいタッチだけに、くすぐったいようなもどかしい快感がもやもやと溜まっていく。

もっと強く……。

紗月は心の中で念じた。だが、吸い上げたり舌先でこねまわしたりしている紺野の唇も舌も、相変わらずかすかに触れるだけだ。

愛撫は乳首から徐々に腹部へと下りていく。もうすぐ……と女園に触れられることを期待したが、ひっくり返され、背中への口戯が始まった。

「はああっ……あう……ああ……んんっ」

うるみが溢《あふ》れるだけ溢れ、女園がぬるぬるになっている。うつぶせなのでシーツに大きなシミができているだろう。

執拗な口戯は心地よく、それでいて焦れったくてたまらない。夫からこれほどの愛撫を受けたことはなかった。十数年前の紺野の愛撫も、ここまでねちっこくはなかった。前戯は丁寧だったが、もっと早くひとつになっていた気がする。

「あう！」

尻肉を甘噛みされ、ヒクッと臀部《でんぶ》が弾んだ。

「あっ！」

尻肉をつかんで左右にグイと押し広げられた時、紗月は羞恥の汗を噴きこぼした。

「だ、だめっ！」

後ろの排泄器官を見つめられるのは屈辱だ。

「こんなきれいなアヌスだったんだな。あの頃、ココはあまり見なかった気がする。ヴァギナを見ていじりまわすだけで十分だった」

「ああう、いや！」

紗月は尻を振りたくった。だが、くつろげられた尻肉は剝き出しのままだ。紺野の視線に破廉恥に犯されている。

「そんな……そんなところ……お願い……見ないで」

紗月は軽蔑されそうな気がして泣きそうになった。

「こんなところを見られると、べとべとのヴァギナも渇いてしまうか。渇くようならやめる。だけど、濡れるようならいじる。後ろの方が感じる奴もいる」

「ヒッ！」

唐突に後ろのすぼまりに舌が這い、紗月の総身が粟立った。

「い、い、いやあ！」

おぞましい愛撫に鳥肌だった。それでいながら、すぐに躰が火のように熱くなっていった。

「うぐ……いや……いや……んんんんっ……」

両手で尻を押さえつけられ、排泄器官を舌でこねまわされていると、屈辱が増すだけ快感も増幅していった。またたく間に、かつて味わったことのない異質な悦楽が押し寄せてきた。

生温かい舌が尻肉の谷間に隠れている恥ずかしい梅色のすぼまりを上下左右に忙しく舐めまわしては、中心をつついてこねまわす。

「んんん……おかしくなる……ああ……いや……い、いや……くうううっ！」

絶頂を迎えた紗月は硬直し、小刻みに打ち震えた。そして、まだ余韻の収まらない中、ひっくり返され、仰向けになった。

唇を弛《ゆる》めた紺野の顔が紗月を見下ろした。

「気をやったんじゃ、渇いてるはずがないな」

肉茎を握って秘裂に亀頭を押し当てた紺野は、グイと腰を沈めていった。

「あう！」

まだかすかに絶頂の余韻が続き、全身が性感帯になっている。そんな時、肉のヒダを押し広げながら太い物が押し入ってきただけに、肉茎が女壺の奥に届いた時には、次の悦楽の波が押し寄せていた。

「んんっ！」

怒濤《どとう》の渦に巻き込まれた。

紺野の腰が引かれ、亀頭が女壺の天井から離れて再び肉ヒダを滑って刺激した時、感じすぎて身も心も四方八方に飛び散ってしまいそうだった。

「ヒッ！　動かないで！　だめっ！」

紗月は必死で紺野の動きを止めようとした。

紺野が密着した部分を揺すり上げた。

「だめっ！　ああっ！」

押し寄せる法悦の大きさに、紗月はずり上がって逃げようとした。だが、次の一撃で腰はぴったりと密着し、また女壺の奥を突き上げられる。決して結合は離れなかった。

「おお、凄いぞ。一滴残らず精を吸い取られてしまう」

歓喜の声を上げた紺野が、さらに壺底を突き上げた。

「あう！　待って！　動かないで！　んんっ！」

汗みどろになって抗った。だが、肉杭は紗月の中心を貫き続けた。自分の躰がどうなっているのかわからないほど乱れた。

「限界だ……んっ」

力強く腰を打ちつけていた紺野が、精を噴きこぼした。

動きを止めた紺野は、ゆっくりと紗月の胸に上体を倒した。

紺野の鼓動が伝わってくる。紗月の心臓も荒々しい音をたてていた。

「凄すぎた」

紺野が荒い息を吐きながら言った。

「名誉のために言っておくが……もう少しは持つと思っていた……紗月のアソコ

が昔の何倍もの名器になっていたから、あっという間にいってしまった。それに、紗月の乱れ方が刺激的で興奮した。女はやっぱり熟さないと面白くないな」

上体を少し上げ、額にこびりついた紗月の髪を軽く掻き上げる紺野の息が、少しずつ整ってきた。

「動かないで！」

女壺に入っている肉茎の微妙な変化が膣ヒダを強烈に刺激する。総身の神経が研ぎ澄まされたままで、すぐには元に戻らない。

「昔はオマメでいっていたのに、壺でいくようになったな」

「あっ！　だめっ！　あう！」

紺野が完全に上体を起こすと、萎縮した肉茎が秘壺から抜け落ちた。中心を貫いていたものが離れても、紗月の下腹部には妖しい肉の感触が残っていた。

「久々に食ったムスコの味はどうだ」

「感じすぎて……恐い」

「上等の躰だ」

「あんなに……焦らしてするから」

執拗で恥ずかしい前戯が甦《よみがえ》った。

肉の疼きでいたたまれない日々を過ごしていたというのに、一度の営みで肉の渇きが癒されている。

「後ろを舐められていくとは驚いた」

「いやあ！」

ひととき忘れていたことを思い出し、紗月は顔を覆《おお》った。

「元々感度がよかったが、後ろでも気をやるなんて思ってもいなかった。紗月も随分といやらしくなったな。フェラチオも上手くなってた。これからは前だけじゃなく、後ろもサービスしないといけなくなった」

紗月は耳を塞ぎたかった。絶頂は肉のマメや女壺で得られるものとばかり思っていた。今も信じられない。だが、後ろのすぼまりで法悦を極めたのは確かだ。

「まだこれから、色々と新しい経験ができそうだな。それより、腹が減った。飯を食ったら買い物に行こう」

すでに八時を過ぎている。

「こんな時間に？」

食事をしていたら十時を過ぎるはずだ。ほとんどの店は閉まっている時刻だ。

「紗月にぴったりのものをプレゼントしたい。開いてる店を知ってるから大丈夫だ」

「悪い女ね……夫が亡くなって一年も経っていないのに」

そんなことでも口にしなければ、亡くなった夫に対して後ろめたかった。

「一年経っても落ち込んでめそめそされてたんじゃ、亭主も浮かばれないはずだ。こっちで生きていく人間は前を向いて行くしかないんだ。セックスをしたくなるほど元気になってよかったじゃないか」

「結婚してからは浮気もしなかったものね……」

それをせめてもの言い訳にしたかった。

庭に咲いている桔梗の花言葉のひとつ、「誠実」を思い浮かべた。だが、夫と暮らした日々が遠ざかっていっても、「変わらぬ愛」や「変わらぬ心」は持ち続けられるだろうか。

妻子ある男とわかっていても、これから紺野の虜《とりこ》になってしまいそうだ。二十代の自分とはちがう。そして、紺野は会社の上司でもない。

紺野の妻子のことは考えたくなかった。妻になりたい気持ちはなく、時々、疼く躰を癒してほしいだけだ。癒してくれる相手がいるだけで安らぐ。

「今夜、泊まってもいいんだ」

「一緒に？」

「一緒じゃまずいか」

「いいのね？」

朝まで紺野といられると思うと、また妖しい気持ちになった。


食事の後、いったん紺野と別れた紗月は、先に部屋に入った。

紺野が戻ってきたのは二十分後だった。

「都合が悪くなったと言って戻ってこないかもしれないと思ったのよ。本当にプレゼントを買いに行くのかしらって……」

「そんな男と思ってるのか？　プレゼントを開けるのは後だ。早く続きをしたい」

細長い包みを紗月に渡したものの、紺野はそれをすぐにまた引き取り、ナイトテーブルに載せた。そして、服を脱ぎ始めた。

「元気ね。再来年、還暦でしょう？」

「元気なもんか。五十過ぎるとパワーがなくなる」

「あんなに激しかったのに……またできるなんて元気すぎ」

紗月は嬉しさを隠せなかった。

食後に二度目の行為ができるかどうか、期待は半々だった。たとえ行為そのものがなくても、一緒のベッドで肌のぬくもりを感じながら横になっているだけでも満足できる気がした。

素裸で先にベッドに入った紺野に、紗月も慌てて最後の一枚も脱いで紺野の横に滑り込んだ。

すぐに紺野に抱き寄せられた。

「若い時のように立て続けにできなくなったらどうすると思う？」

乳房をつかまれ、乳首を親指と人差し指で揉みほぐされると、すぐに熱い喘ぎが洩れた。

紺野の指は乳首から下腹部へと下り、肉マンジュウのあわいに入り込んだ。

「あう……」

「もう濡れてる。まるで発情期だな」

紺野の指が縦横無尽に女の器官を滑っていった。

「こんなに濡れてる時、ムスコが役に立たなかったらがっかりするだろう？」

紗月は紺野の股間に腕を伸ばしていった。柔らかい肉茎は、軽くしごいただけで、みるみるうちに硬度を増していった。

「もう……硬くなったわ」

「そいつは明日までとっておく。今使ったら、明日の朝のエネルギーが残っていないかもしれないからな」

女園から手を離した紺野は、指先を紗月の目の前に差し出した。

「始める前からこんなにぬるぬるだ」

わざとらしくぬめった指先の匂いを嗅いだ紺野は、次に指を口に入れた。

「ばか……」

紗月は視線を逸らした。

「プレゼントを気に入ってもらえるかどうか出してみるか」

紺野がナイトテーブルに載せてあった包みを取った。

二回目の前戯が始まったばかりの時に中断して包みを開く紺野に、すでに燃え始めているのにと、紗月はもどかしかった。

だが、箱からピンク色の肉茎の形をした玩具が現れた時、弱まっていた炎が一瞬にして炎上した。心臓が飛び出しそうになり、秘口からうるみが溢れた。

「ムスコが疲れている時は、こんなものを使うのもいい。それに、ひとり寝の時、指でいじるだけじゃもの足りないんじゃないか？　毎日会うわけにはいかないから、これをプレゼントに決めた。これがあれば男はいらないと言われると困るが」

雑誌でチラリとしか見たことがない淫猥な道具だ。欲しいと思っていた玩具だ。しかし、目の前に現れると恥ずかしすぎた。

「どうせ濡れてるんだろうからこのまま入れてもいいが、ムスコと思って舐めてみろ」

かすかに開いていた唇にピンクの亀頭が押しつけられた。

紗月は反射的に口を閉じた。

「さっさと下の口に入れろということか」

にやりとした紺野は紗月の肉マンジュウのワレメをくつろげた。女園全体がねっとりと糸を引いてぬめつき、銀色に光っている。

「玩具にゼリーを塗らなくても、自家製のジュースで十分すぎる潤滑剤だ」

「あは……ああっ」

会陰や花びらや肉のマメを包んだ包皮のあたりを玩具の先でぬちゃぬちゃとな

ぶられ、紗月は身悶えた。

「電池で振動する奴を使い慣れると鈍感になる。手動式のこいつがいちばんいい」

亀頭が肉の祠《ほこら》の入口に押しつけられ、ねじ込まれていった。

「はあああっ……」

淫猥な道具を使われている興奮と、肉ヒダを押し広げられていく心地よさに、紗月は胸を突き上げ、大きく口を開けて喘いだ。

「女が羨《うらや》ましくなる。やけに気持ちよさそうじゃないか」

「いい……気持ちいい……いやらしいの……ああっ……好き」

紺野によって破廉恥なことをされ、躰がとろとろになっていく。猥褻さに昂ぶり、躰だけでなく脳も感じている。

「いやらしいの……いやらしいのが好き」

紗月はそう言いながら、さらに昂ぶっていった。

異物が出し入れされ、こねまわされるうちに、控え目な抽送音から、ぐちゅぐちゅっ……と蜜を汲み出す猥褻な音がしてきた。

「メスの匂いがしてきた。匂いも音も破廉恥すぎて我慢できなくなった。精力剤を飲んだみたいにムスコがビンビンだ。朝まで取っておくのはやめだ」

湯気が立っているような蜜まみれの玩具を引き抜いた紺野が、漲った屹立を肉の祠に押し込んでいった。

「んんっ……深く……もっと深く」

紗月の眉間に深い悦楽の皺《しわ》が刻まれた。

香る女

「こんなところで奇遇だな。ひとりのようだから声を掛けてみた」

東京駅に隣接するデパートの喫茶店で、腰を下ろしてコーヒーを注文した久仁《くに》絵《え》に近づいてきたのは小堀《こぼり》だった。

久仁絵の心臓は激しい音を立てた。

小堀は、目を見開いている久仁絵が以前とは比べものにならないほど艶やかになっているのに心躍った。

「迷惑だったかな」

「いえ……お久しぶりです」

「待ち合わせか？」

「ひとりです……」

「じゃあ、席を移してもいいかな。いや、ひとりがいいと言うならやめておくが」

「どうぞ」

「じゃあ、遠慮なくお邪魔しよう」

小堀はウェイターにテーブルのものを移動させ、久仁絵の前に座った。

「ますます綺麗になって、昔より魅力的だ。声を掛けていいものかどうか迷った」

声をひそめ、しかし、故意に剽軽《ひょうきん》な口調で言うと、久仁絵は肩の力を抜いて唇を弛《ゆる》めた。

「小堀さんは……ますます貫禄が」

「社交辞令か？　不景気が続いたんで四苦八苦してた」

言葉どおりには受け取れないゆとりがあった。いっそう男の色気を増した小堀が、久仁絵には眩《まぶ》しかった。

小堀とは大学三年の夏休みに知り合い、就職した翌年までつき合った。久仁絵よりひとまわり年上なので四十八歳になっているはずだ。

周囲の学生とは比較できない落ち着きのある小堀に声を掛けられ、最初はケーキセットや食事をご馳走してくれる気前のいい小父さんという感じだったが、徐々に魅せられ、数回の食事の後に深い関係になった。

今思うと、恋人というよりパトロンに近かったかもしれない。会えば贅沢《ぜいたく》な食事をし、ホテルに行って抱かれると、帰り際にはタクシー代と言って、いくらかの現金を渡された。一、二万円だったが、学生の時も、就職したての薄給の頃も大金だった。

「で、今はどこに住んでるんだ」

「マンションを買って吉祥寺《きちじょうじ》に」

「億ションも買えるかもしれないな」

「まさか……」

「連れ合いが大企業に勤めてるなら給与もいいだろう。しかし、本当に色っぽくなった」

正面から見つめられ、久仁絵は思わず目を伏せた。

就職した翌年、今の夫と知り合い、熱心に口説かれて抱かれた後、予想外に妊娠してしまった。油断していた。まだ小堀と切れてはいなかった。だが、妻子のある小堀との将来はあり得ないと思っていた。たとえ小堀が離婚したとしても久仁絵は若すぎ、子供のいる男との結婚を親が許すはずもなかった。

結婚の話はとんとん拍子に進んだ。

妊娠したことや結婚への決意を、小堀に電話で告白した。小堀に対する未練はあったが、新しい命への愛着も確実に育まれていた。

『俺の子じゃないだろうな』

そう言われたが、最後に小堀に抱かれた後に月のものがあり、それは考えられなかった。

「ここには時々来るのか」

「機会があれば……」

この店は小堀と時々待ち合わせした店だ。もっとも、コーヒーを飲みながら待っていると電話が入り、ホテルの部屋番号を告げられることも珍しくなく、すぐに席を立って小堀の元に向かった。

「今日は無理だが、近々、時間は取れないか?」

「少しなら……」

「二、三時間は無理か」

「遅くならなければ……できたらお昼から夕方までが……」

二、三時間と言われただけで、久仁絵は小堀が何を考えているかわかった。

小堀と連絡を取った久仁絵は、一時からチェックインできるそのホテルの部屋番号を聞き、まっすぐ部屋に向かった。以前もそうしていた。決して一緒に部屋に入ることはなかった。上階にはレストランやバーがあり、たとえ知り合いに会っても言い訳できる。

ノックすると、すぐにドアが開き、小堀はホテルの寝間着に着替えていた。

「風呂は用意したが、入るか？」

久仁絵は頷いた。

「あそこで会ったのは偶然かな。それとも、必然かな。またこんなところで過ごせるとは思わなかった」

小堀に会えたらという期待を抱いて久仁絵があの店に時々行くようになったのと同じように、小堀もあの店に行く時は、久仁絵に会えたらという期待があった。久仁絵と別れた後も何人かの女とつき合ったし、妻とは別に、外に女がいないことはなかったが、心底気に入る女はそうやすやすとは見つからない。もう少し久仁絵とつき合いたかった。これからが本当に楽しめる時間だったのにと、時々、思い出していた。

久仁絵が他の男と交際して妊娠したと電話をしてきた時は、しまったと思った。

その頃多忙で、なかなか久仁絵と会う時間がつくれなかった。自宅にも短い睡眠を取りに帰っていたようなもので、どうしても久仁絵との時間が持てなかった。

電話は掛けていたが、週に一度が無理でも、十日に一度、三十分でも顔を合わせるべきだった。結局、小堀の油断から久仁絵を失うことになった。後悔しても遅かった……。

「すぐに来いよ。それとも先がいいか？」

「先に入ってて……」

素早く寝間着を脱いで浴室に入る小堀を見送った久仁絵は、昔の躰《からだ》とちがう丸みを帯びた躰を小堀がどう思うかと不安になった。ほっそりしていた頃とはちがう。あの頃の腰は、もっとくびれていた。

小堀の躰はどう変化していただろうと思ったが、寝間着を脱ぐとき背中を向けていたので、後ろ姿しか見ていない。

ひとときためらった後で、久仁絵は浴室のドアを開けた。

「おう、いい躰になったな」

湯槽に浸かっていた小堀は、久仁絵を見て目を細めた。青い果実のようだった久仁絵が、立派な女に変貌している。

夫にこってり愛されたからだろうが、すんなりと小堀の誘いに乗っただけに、何も訊かなくても今の肉の渇きや夫への不満が想像できる。

「醜《みにく》くない？」

久仁絵は遠慮がちに訊いた。

「尻もまだツンとしてる。オッパイも垂れていない。腰のあたりの肉づきも最高だ」

「太ったでしょう……」

「太ったんじゃない。熟してきたんだ」

唇を弛めた小堀にほっとしながら、久仁絵はシャワーを肩から掛けた。

「あ……手遅れか。洗う前のアソコの匂いを嗅いでおくんだった。久しぶりなのにもったいないことをした」

「ばか……」

小堀はメスの匂いが好きだと言い、シャワーを浴びる前の女園の匂いを嗅ぎたがったが、久仁絵は嫌われるのではないかと、いつも不安だった。捕まるとわかっていながら、時には逃げまわったものだった。

「石鹸は使わない方がいいんじゃないか？」

小堀の言葉に、ボディソープに手を伸ばした久仁絵は慌てて手を引っ込めた。匂いで連れ合いに不倫が発覚したヘマな知り合いがいると笑っていた小堀は、営みの前後にシャワーは使っても石鹸を使うことはなかった。久仁絵はそれを思い出した。

浴槽に入って向かい合うと、すぐに小堀が引き寄せ、以前よりふくよかな乳房を掌《てのひら》に包んだ。

「あう」

喘《あえ》ぎを洩らした久仁絵は、ふくらみに触れられただけで、途切れていた小堀との時間が繋がった気がした。

「いい女になったな。旦那に嫉妬したくなる。だけど、ここにいるってことは百パーセント満足でもないらしい。結婚して何回浮気した？」

「あは……」

乳首をいじられると下腹部へと快感が伝わり、小さな果実はすぐさまツンとしこり立った。

「何人と浮気した？」

再び訊かれ、久仁絵は首を横に振った。

「何だ、初めてか」

久仁絵は喘ぎながら、それとわかるほどかすかに頷いた。

「あっ」

もう一方の手が肉マンジュウのほころびをくぐり抜け、わずかに秘口に入り込んだ。

「もうぬるぬるだ。元々感度はよかったが、ますますよくなったんじゃないか？」

「あう……はああっ」

人差し指が肉ヒダを押し開きながら奥へと進むと、今度は親指が包皮越しに肉のマメを揉みほぐし始めた。

「んんん……」

久仁絵は腕を伸ばして小堀の肉茎をつかんだ。硬くなっている屹立《きつりつ》の感触だけで電流が走り、よけいに躰が疼《うず》いた。

女壺から指を出した小堀が立ち上がった。

久仁絵の目の前で、黒い茂みの中から立ち上がった肉杭が躍った。

胸を喘がせた久仁絵は根元を握ると亀頭を舐めまわし、頬張っていった。そして、舌で肉茎をねぶりながら、唇で幹をしごきたて、顔を前後させた。

小堀に頭を撫でられるのが心地よかった。妻ということも母ということも忘れ、小堀に守られている子供のような気がした。

「上手くなったな。亭主もこれなら悦ぶだろう」

久仁絵の動きが止まった。

こんなことをしたのは結婚当初だけだ。翌年には出産し、育児に追われ、それまでのようなセックスではなくなった。慌ただしく抱かれ、終わるようになった。そして、徐々に間が空くようになった。

四十路《よそじ》を過ぎた夫は深夜までの仕事で疲れている。舌戯などなくなり、指戯などほんの形だけになった。乳房を掌に入れて揉みほぐすというより、二、三度つかんで終わりだ。すぐに腕は下腹部へと下りていき、湿りを確かめ、そそくさと中心を貫いてしまう。

ゆっくりと燃え上がる女の躰を置いてきぼりにして、いつも夫だけが精を放って終わっていた。

育児で多忙な時はよかったが、息子も十一歳になり、あまり手がかからなくなった。わずかでもゆとりができると、肉の渇きに苛《さいな》まれるようになった。そして思い出すのは小堀のことだった。

「顎が疲れるほどの巨根じゃないはずだが」

剽軽な小堀の口調に、ひととき動きを止めていた久仁絵は慌てて頭を動かし始めた。

「続きはベッドだ」

顔を離した久仁絵を、小堀が引き上げた。


「いい肉づきだ。食べ頃に熟した落ちる寸前のフルーツだな」

仰向けの久仁絵を眺めた小堀は、会わなかった十年ほどの間に肩の線もいっそう丸みを増し、腰の線が悩ましくなっているのが気に入った。

「あの頃もいい躰をしていたが、まだまだ青かった。これからが本当の女だな。あの頃はオマメの方がいいようだったが、今はどうだ。どれ、うつぶせになって背中も見せてくれないか」

久仁絵は小堀に言われるまま、うつぶせた。

「久仁絵の背中は絶品だな」

掌でしっとりした肌を撫でまわした。

「あは……ああっ」

掌の動きに見合ったあえかな喘ぎが洩れた。

うなじに舌を這わせると、風呂上がりというのに甘やかなメスの匂いが小堀の鼻孔を刺激した。

久仁絵は汗ばむとすぐに誘惑的な香りを漂わせる。知り合ってすぐに気づき、香木のような女だと思った。今の香りは過去よりいっそう妖しくなっている。女体の香りも成熟するとわかり、小堀は感心した。

興奮するほど香りは濃くなり、絶頂を極めた時は濃縮した香りを詰め込んだカプセルが弾《はじ》けたような気がすることがあった。

どの女も香りを持っている。世界にひとつしかない香りだが、小堀の知っている女の中で久仁絵ほど妖しく濃い香りを放つ女はいなかった。

それは香水のようなものではなく、極端に言えば、香りではない香りかもしれず、脳を刺激する目に見えない電流のようなものかもしれなかった。

日常生活で気づく者は少ないかもしれないが、久仁絵を抱けば、誰でも濃く漂い始める香りに気づくだろう。だから、妊娠して結婚することにしたと久仁絵が言った時、相手の男はオスとしてこの匂いに魅せられたのだと思った。手放したくないと思うのは当然だ。それなのに久仁絵を欲求不満にさせているのが解せなかった。

夫婦になると相手の魅惑は薄れていくものだろうが、この若さの久仁絵を……と呆れもした。だが、だからこそ、久仁絵をこうして再び抱けるのだ。

「あは……はああっ」

うなじから背中へと舌を這わせていくと、久仁絵の喘ぎは昔とは比べものにならないほど艶《なま》めかしくなり、あの香りも濃厚さを増した。肉茎が一気に若返ったようにヒクヒクと反応した。

背中を舐めまわしているのは油断させながら目的地に近づくためだ。ゆっくりと下りていった。

「熟女の尻だ。ツンとしたままなのはたいしたものだ」

小堀は尻肉を撫でまわした。

「あう……」

久仁絵の皮膚が粟立った。

臀部《でんぶ》は鈍いと言われるが、撫でまわされるだけでさわさわと悦楽の波が広がっていく。これからの時間を想像しただけで、久仁絵の秘口から熱いうるみがとろり溢《あふ》れ出た。

「そろそろ楽しいことを教えてやろうと思っていた矢先に他の男に横取りされてしまったが、上等の女にしてくれたんだから文句は言えないな」

久仁絵はこのままでは欲求不満になると思っていた。女としての自信も失ってしまいそうだった。だが、小堀にまた愛してもらえるなら自信も取り戻せそうだ。結婚してから何人かの男に声を掛けられたが、無関心を装ってきた。小心で、プライドを傷つけられるのも恐かった。小堀に褒められると嬉しくてならない。小堀なら過去に何度も躰を合わせた相手だけに安心できる。

「いい尻だ」

小堀が双丘に舌を滑らせた。

「はああっ……」

髪の生え際までそそけ立ち、触れられていない肉の祠《ほこら》も脈打つように疼きだした。

「あう！」

甘嚙みされ、ひくっと尻が跳ねた。

尻肉をつかんだ小堀が、谷間をグイッと左右に大きくくつろげた。

「あう……いや」

排泄器官を見られる屈辱に、久仁絵は尻を振って小堀の手を払おうとした。

「昔もここを見ようとするといやがったんだった。だけど、久仁絵のここは実に綺麗だ。排泄器官だけにしておくのは惜しい」

「いや。見ないで」

また久仁絵は尻をくねらせた。それでも広げられた谷間が狭まらないのを知った久仁絵は、くるりと回転して仰向けになった。

「やっぱり後ろより前がいいか」

笑った小堀は躰を合わせ、唇を塞いだ。

小堀の舌が入り込んできた時、久仁絵はすぐさま舌を絡《から》めて唾液を貪《むさぼ》った。激しく舌を絡めているだけでますます総身が火照り、若い頃のように燃えた。メスになっていくのを感じた。精が満ち溢れ、萎えていた心が甦《よみがえ》り、若い頃の自分に戻っていくような気がした。

小堀は激しく舌を絡める久仁絵の肉の渇きがわかり、少々アブノーマルなことをしても大丈夫だろうと確信した。

顔を離し、乳房から下腹部へと舌戯を施していった。

肉マンジュウを撫でまわすと、そこに載っている漆黒《しっこく》の翳《かげ》りも湿り気を帯びている。艶々とした濃いめの翳りさえ、以前より大人びて見えた。

肉マンジュウの合わせ目から透明な蜜が溢れている。左右にくつろげると、ねっとりとしたうるみが呆れるほどに溢れ出していた。

女の器官の形態や表情は様々で、ひとつとして同じものはないが、左右対称の花びらの大きさや色、肉のマメを包んだサヤの美しさは、これまで小堀が知っている女の中でも一、二を争う絶品だ。出産を経験しても変わりない美形の女園を眺め、小堀は満足した。

しかし、今日は後ろのすぼまりに関心がある。まだ過去には露骨に触れていない場所だ。

顔を近づけ、秘園の匂いを嗅いだ。風呂上がりとはいえ、発情している久仁絵から漂うメスの誘惑臭は濃厚だ。ただ、久仁絵のどこから魅惑の香りが漂い出すのかわからない。

最初は汗の匂いだろうと思った。次に、女園の匂いかと思った。だが、どちらとも特定できない。久仁絵が興奮したり感じたりすると香りが濃くなる。オスを惹《ひ》きつける強力な磁石だ。淫と妖を攪拌《かくはん》したような蠱惑《こわく》の香りだ。

「熟女の匂いだな」

「いや……」

小堀が深く息を吸い込んだとわかり、久仁絵は羞恥《しゅうち》に腰をくねらせた。

「くうっ！」

太腿《ふともも》の狭間に顔を埋め、ぬめりを掬《すく》い取るように会陰から肉のマメへと舐め上げると、久仁絵の総身が弓形にしなり、顎を突き出して喘いだ。

花びらの脇の肉溝を熱心に舌先で舐めまわした。

「あは……んんっ……はあああっ」

心地よさそうな久仁絵の喘ぎが、小堀の肉茎をいっそうひくつかせた。

舌を動かすのをやめると、もっとと言うように腰をそろりと突き出してくる。

愛撫を再開すると、眉間に悩ましい皺《しわ》を刻み、足指を擦り合わせた。

絶頂を迎えないように気を遣いながら、ぺちょぺちょと舐めまわした。

「あっ……いい……それ……好き」

肉のマメは当然として、会陰と女壺入口の境目あたりが久仁絵のもっとも感じる部分だったのを、小堀は舌を動かしていてすぐに思い出した。

「ああ……んんんっ……い、いい」

歳を重ねただけ、喘ぎ声さえ熟している。濃くなるメスの淫臭が、小堀の脳味噌をひりつくほど刺激した。

顔を上げた小堀は、ナイトテーブルに何気なさを装って載せておいたネクタイを取った。

「覚えてるか？　ここには生憎、浴衣の紐《ひも》がないんだ」

「あ……だめ」

両手をくくられたことがあったのを思い出した久仁絵は、慌てて両手を後ろに隠した。

「続きはくくってからだ。どうする？」

勝ち目はあるとわかっているだけに、小堀はネクタイを持ったまま動きを止めた。

小堀が動かないのを知った久仁絵は、しばらくためらいを見せていたが、やがてそろそろと背中に隠していた手を前に持ってきた。

「ネクタイに……皺が寄っても知らないから……皺が寄ったら困るでしょう？」

久仁絵は何とかくくられまいとしたが、半ば諦めていた。

かつて小堀に浴衣の紐でくくられた時、まず両手の自由をなくした恐怖に駆られた。次に、触れられるたびにいつもより敏感に感じるのに驚き、焦った。そんな遠い記憶が甦った。

「財布を持ち逃げされたり、くくられたまま逃げられたりしたら困ると思ってるんじゃないのか？」

小堀は陽気な口調で言った。

「信用できなくなったのか」

首を振った久仁絵は、やむなく両手を差し出した。

臙脂色《えんじいろ》のネクタイが手首に巻かれ、抜けないように十文字にまわして結ばれた。

不安と期待で動悸がした。

夫との生活は平凡に過ぎているが、夫婦の営みも平凡で、今は一方的にさっさと終わってしまう。しかも回数は減る一方だ。そんな欲求不満の中で思い出すのが、小堀とのアブノーマルな行為だった。

両手を拘束してみたり、目隠ししてみたり、声を出さないようにタオルやハンカチで口を塞いだりするようになったのは、つき合い始めて半年余りの頃だっただろうか。それは恐怖でもあり、妖しい快感でもあった。

「猿轡《さるぐつわ》もするか？」

「いや！」

久仁絵は即座に拒絶した。

小堀が苦笑した。

「ラブホならいいが、ここであんまり大きな声を出すと、まだ掃除も終わってない部屋があって、係が廊下をウロウロしてるから聞こえてしまう。もっとも、よほど大声を上げて騒がない限り注意されることもないだろうが、猿轡をしておいた方がいいんじゃないか？」

久仁絵はいやだと頭を振った。

「よし、じゃあ、これだけにしておこう。邪魔なオテテがなくなって、これで何でもできる。もう逃げられなくなったな」

わざと不安になるようなことを口にした小堀は、久仁絵の膕《ひかがみ》に手を当て、左右に押し広げながら、膝が胸に着くほど押し上げた。

「こうして眺めると、久仁絵のココは人妻になっただけ、あの頃よりいやらしくなったようだ。洩らしたように濡れて、早く早くと催促してる。あまりに久しぶりで、すぐにでもペニスを押し込みたいが、やっぱりセックスは楽しまないとな。

いじって舐めて味わって、それから本番だ」

透明液にまぶされてぬめ光る女の器官は、いくら美形で整っていても貪欲で淫猥だ。

「見ないで……」

尻がシーツから浮き上がっている。赤子のオムツを替える時のような、大人としては恥ずかしすぎる格好に、久仁絵は尻をくねらせたり、くつろげられた膝を閉じようともがいた。

「亭主もこんな格好にして眺めるだろう？　久仁絵のココはいくら眺めても飽きないからな。見ているだけでジュースは出てくるし、尻の穴までひくついてる。おちょぼ口のアヌスは前の口より可愛い」

「いやっ！」

後ろのすぼまりまで見られているとわかり、久仁絵はいっそう尻を動かし、押し上げられている膝を元に戻そうとした。

小堀の力は強かった。うつぶせになることもできず、両手のネクタイを外そうともがいた。後はずり上がるしかなかったが、動いただけ膝も一緒に動いていた。

「ジュースがどんどん溢れてくる。本当はいやじゃないんだろう？　いやならジュースなんか出ない。シーツに大きなシミもできてる。見るか？」

そう言った小堀は、ようやく膕から手を離した。

太腿の間に躰を入れている小堀は枕の下に手を伸ばし、コンドームを取った。

昔もそうだった。先に部屋に入った小堀はコンドームを枕の下に隠しておき、いざという時、さっと取り出していた。

小堀のものが女壺に入ってくるのだと、久仁絵は久々の行為に期待し、新たなうるみを溢れさせた。

小堀は取り出した避妊具を肉茎には被せず、右手の中指に被せた。目の前でそれを見ていた久仁絵の唇が、怪訝そうに薄く割れて開いた。

ニヤリとした小堀は、その指で花びらのあたりをまさぐった。

久仁絵はすぐさま喘ぎを洩らした。

小堀がコンドームを指に被せた時は不思議だったが、それで女園をいじられると疑問も消え、ただ心地よさに酔った。

「いい顔だ。ゆっくり息を吐いてくれないか。ゆっくり吐くんだ」

何故そんなことを言われるのかわからなかったが、久仁絵は繰り返し言われ、息を吐いていった。

「ぐっ！」

小堀の指が後ろのすぼまりに入り込んだ時、久仁絵は息が止まりそうになり、どっと汗を噴きこぼした。

「後ろに入れる時は、息を吐いてリラックスしてもらわないと怪我をする」

「い、いや……」

身動きできず、久仁絵はようやく声を出した。

「どうやら亭主は、まだここには触っていないようだな」

「あう……や……め……て」

恐怖や気色悪さや屈辱がない交ぜになり、久仁絵は歪んだ顔で小堀を見つめた。

久仁絵と対照的に、小堀は唇を弛めていた。

「ここは処女だな。よく締まる。怪我をしたくなかったら、つまり、可愛いここが切れたりしないためには息を吐くんだ」

「い……や」

「このままじゃ抜けない。無理に抜いたら怪我をする。息を吐いてリラックスしてくれ。でないと」

「ぐっ」

すぼまりを貫いている指がわずかに引かれたが、抜けることはなく、咥え込んだまま山を作っただけだった。

「ゆっくり息を吐いてくれ」

総身にねっとりと脂汗を滲《にじ》ませている久仁絵は、ようやく息を吐いた。

「あう！」

さらに指が入り込んだ。

「抜くつもりがまちがった」

まちがうはずがない。故意に押し込んだとしか思えなかった。

「硬いつぼみだ。だが、いじっているうちに柔らかくなる。ここも久仁絵は感じるはずだ。亭主がしないことをしたい」

「だ……め」

言葉がスムーズに出ない。久仁絵はようやく声を出した。

「抜いてほしいか」

久仁絵はやっとのことで頷いた。

後ろを貫かれると身じろぎできない。指一本というのに太い物が入り込んでいるようで、違和感と嫌悪感だけしかない。

「抜かないわけにはいかないが、キリキリと食い締められていて簡単には抜けそうにない。オマメをいじると弛むかな」

切羽詰まっている久仁絵と対照的に、小堀は追い詰められた女の顔を楽しんでいた。

ベッドの上の女が笑っていてはつまらない。こうして屈辱や困惑の表情を浮かべてこそ、獣の血が滾《たぎ》る。

「んん……い……や……くっ」

後ろに指を挿入したまま親指で花びらのあたりをいじりまわされると、そこから快感が広がるものの、排泄器官に異物が押し込まれている違和感と気色悪さは消えない。何よりも屈辱で一杯だ。

「やめて……後ろ……いや……はああっ」

早く挿入されている指から逃れたかった。

「この硬さじゃ、普通サイズのムスコでも、すぐには入れられそうにないな。楽しみだったんだが」

喉を鳴らした久仁絵は、いっそう胸を喘がせながら、小堀に怯《おび》えた目を向けた。

「なに、そのうちに咥えられるようになる。昔から、久仁絵の後ろは排泄のためだけに使うにはもったいないと思っていた。押し込む前に逃げられてしまったが、また会えたんだ。ヴァージンをもらう日が楽しみになった」

少々脅しても、これからは時々会う自信があった。

久仁絵は誰とでも浮気できる女ではない。結婚して、いっそう相手を選ぶ目が厳しくなっているはずだ。どこの誰ともわからない危険を孕《はら》んだ男との新たな火遊びはためらうだろう。家庭を守りながら渇いた躰を潤すには安全な男がいちばんだ。小堀は自分以外に久仁絵の相手ができる男はいないと確信し、アブノーマルな行為をしても逃げられるとは思わなかった。

「そろそろ抜こう。もういちど、息を吐いてくれ」

「いや……」

久仁絵の泣きそうな顔がいい。

「押し込みたくても、もうこれ以上押し込めない。後は抜くしかないんだ」

久仁絵はまた騙されるかもしれないと迷いながら、それでも息を吐くしかなかった。

「あう」

指は引かれたが、抜けてしまわず、もう少しというところで残っている。

た。

「あは……ああ……だ……め」

すぼまりの浅いところで指がゆっくりと円を描いたり、細かな振動を繰り返している。

屈辱の中で、気味悪さだけでなく、初めて味わう妖しい悦楽の波が立ち始めている。それがかえって久仁絵を不安にした。

「それ……はああ……い……や……んんっ」

久仁絵はくくられている両手の拳《こぶし》を握った。大胆に躰を動かすことができないだけに、逃げられないのがもどかしい。

「いやか。だけど、いやと言うにしちゃ、ジュースがどんどん溢れてくるのが不思議だな。ちびちびオシッコを洩らしてるわけじゃあるまい？」

第一関節までしか指を押し込んでいないが、ゆっくりと押したり引いたりすると、すぼまり周辺のヒダは凹凸を作るだけでなく、やがてスムーズに出し入れできるようになった。それでも深くは沈めなかった。

久仁絵の躰から濃い香りが漂い出している。久仁絵は感じている。この香りは正直だ。本心はごまかせない。

「はあああっ……気、気持ち……悪い……いや」

排泄器官をいたぶられる屈辱でありながら、今までにないゾクゾクした感覚は何と表現したらいいだろう。

もうどうなってもいい……。

恥ずかしさも嫌悪感も妖しい快感に呑み込まれていくようで、久仁絵は朦朧とした。

「やっと力が抜けてきた。それでいい。ベッドの上じゃ、力を抜くことだ。後ろもいいだろう？　今日より次の方がもっとよくなる。このままいじられたいだろうが、そろそろムスコを入れたくなった」

「だめ！　そこにはダメ！」

久仁絵は慌てた。

「残念ながら、ここにはまだムスコは無理だ。前に入れるから安心しろ」

クッと笑った小堀は、抜く前に、今までより深く指を押し込んだ。

「うぐっ……」

一瞬、すぼまりは指を食い締めたが、すぐに8の字筋は弛み、ゆっくり引き出していくと、抵抗なく抜けた。

コンドームを抜いてゴミ箱に放った小堀は、そのうち久仁絵を本格的に赤い縄でいましめてもてあそび、悩ましい表情を見たいと思いながら、両手の自由を奪っていたネクタイを解いた。

元気に漲《みなぎ》っている肉茎を握った小堀は、蜜でぬるぬるにまぶされた秘口に亀頭を押しつけ、グイッと沈めていった。

「はあああああっ……」

半開きの唇から洩れる久仁絵の艶めかしい声のように、肉ヒダを押し広げていく小堀もアヌスが疼くような快感を味わっていた。

「おおっ……いい……昔より何倍もいい」

ほどよい締まりはねっとりとして、肉ヒダが肉柱に絡みついてくる。大学生の久仁絵は小堀にとって、まだ子供だった。就職しても大人にはほど遠かった。それが、別れて十年以上経った人妻の久仁絵は、肉の祠の中も驚くほど熟している。

肉茎を根元まで沈めた小堀は、ゆっくりと腰を引いて、また沈めていった。

「ああっ……いい……凄く……あう……凄く感じるの……こんなの……ああっ……初めて」

ますます眉間の皺を深くし、ぬめったような妖しい唇のあわいから白い歯をちらりと覗かせた久仁絵が、屹立を動かすたびに甘やかな喘ぎを洩らした。

うっすら汗ばんだ額やこめかみにこびりついた黒髪にもそそられる。悩ましい表情と喘ぎ声が男を獣にし、ありったけの精を吐き出させようとする。

ゾクリとする膣ヒダの締まりを楽しみながら、ゆっくりと出し入れを繰り返した。

「あぁっ……感じ……すぎる……いい」

久仁絵はいつ極めてもいいような喘ぎを洩らした。

久仁絵の快感が肉茎全体に伝わってくる。想像していた以上だ。離れていた月日があったというのに、合体すると途切れていた時間は完全に繋がっている。

「器が滾ってる。溶かされて喰われてしまいそうだ」

「あぁっ……いきそう……いい……こんなにいいの……初めて」

久仁絵は膣で感じている。昔は肉のマメでしか極めなかった。やはり結婚して夫婦の営みの中で開発されたのだ。だが、いきなり貫かれて腰を動かされても、そう簡単に女は極められない。口戯も施したが、その後、後ろをいじられている間に欲情の炎が燃え上がったのだ。いやだと言いながら濡れていた。濃い芳香が漂った。感じていた証拠だ。

ゆっくりと出し入れを繰り返した後、小堀は腰の動きを速めた。

「あっ、あっ、あうっ！　んんっ！　んっ！」

小堀が穿《うが》つたびに、久仁絵の喉から短い声がほとばしった。

まるで犯されているようだ。それがいっそう小堀のパワーを漲らせた。

久仁絵の喘ぎが絶頂に近づいている。

最後の一撃と、内臓を貫くほど激しく突き刺した。

「んんっ！」

法悦を迎えた久仁絵が硬直し、総身を弓なりにして白い顎を突き出した。濡れたような唇は艶めかしく開いている。

ギリギリと締まる秘口に肉茎の根元を締めつけられ、小堀も直後に精を放った。溜まりに溜まったマグマが、地中から一気に噴き出したようだった。

その瞬間、時間が止まった。

硬直の直後に久仁絵が痙攣し、再び時間が動きだした。

独立した生き物のように収縮する秘口に、小堀の肉茎は何度も食い締められながらしぼんでいった。

ティッシュを引き抜いた小堀は、今にも抜け落ちそうになっている結合部にそれを当てた。

「あう」

引き抜く時、また久仁絵が声を上げた。

横に並んで仰向けになる時、小堀は軽く唇を合わせた。

久仁絵は最後の口づけで愛されていると感じた。そして、行為の最中に法悦を迎えられた悦びに浸っていた。

もう何年も夫との行為で絶頂を迎えられないでいた。前戯も後戯もほとんどなく、さっさと射精してしまう夫は、シャワーを浴びないまま、すぐに寝息を立て始めることもあった。疲れているのがわかるだけに、文句は言えなかった。ベッドの端に身を寄せ、そっと自分の指を動かして極めることもあった。

「何度も言うようだが、本当にいい躰になった。今度は十年も待っていられない。次はいつ会える?」

「夜はなかなか……」

「しばらく真昼の情事か。それもいい。時間はどうにでもなる。うちには優秀な社員が揃ってるからな」

「恥ずかしいことは……しないで」

久仁絵は掠《かす》れた声で言うと、小堀の脇のあたりに顔を埋めた。汗ばんだ小堀からほんのり漂うオスの体臭を思い出して懐かしかった。

「何か恥ずかしいことをされたか？　言ってくれないとわからない」

「後ろ……いや」

小堀はクッと笑った。

そのうち、特大のガラス浣腸器も使うつもりだ。排泄器官でしかない後ろのすぼまりを少しずつ柔らかくしていき、肉茎を咥え込ませたい。アナルセックスをしたいというより、連れ合いのしていないことをしてみたい。アブノーマルな行為を受け入れない者もいるが、久仁絵は少しずつ教え込めば好きになるのがわかる。

十年前は早すぎると思い、初心者向けのことしかしなかった。そろそろと思っていた時に逃げられ、もったいないことをしたと思っていた。

久仁絵はまた戻ってきた。それも、熟した女になって。これからの時間が楽しみだ。

「次は三、四時間、いや、できるなら四、五時間ばかり時間を作れないか。いやらしいことを一杯したいからな」

久仁絵相手のＳＭを想像するだけで熱くなる。

「恐い……」

久仁絵は不安げな口調で言った。

「恐いようなことはしてないじゃないか」

「知られてしまうのが恐いの」

「そういうことか。焦らずゆっくりとだ。また明日もなどとは言いやしない。だけど、十年先じゃだめだ。せいぜいひと月だ」

小堀が笑った。

久仁絵は小堀に抱かれたことで躰の細胞が甦り、若々しくなったような気がしていた。夫との行為では絶頂を迎えることができず、もしかして夫のせいではなく、女として枯れてしまったのではないかと思うこともあった。貫かれたまま法悦を迎えられたことが嬉しくてならない。まだまだ女なのだと自信が湧いた。会うたびに小堀なら女の悦びを与えてくれるだろう。

破廉恥なことをする小堀が恨めしいと思い、その時は逃げたいと思うのに、時間が経つと思い出すだけで躰が熱くなる。ずっとそうだった。

「シャワーを浴びるか」

小堀に抱き起こされ、一緒に浴室に入った。

「大事なところをよく洗っておかないとな」

シャワーを掛けながら小堀の指は肉マンジュウのあわいを割り、秘園をいじりまわした。

「あう……」

久仁絵は腰をくねらせた。

「今度は後ろだ」

肩先を押され、背を向けた。

臀部のあわいの谷間を指でくつろげた小堀に、

「いや」

久仁絵は尻を振った。

「動くな！」

今までになく一喝され、久仁絵はびくりとした。

巾着のようにすぼまっている排泄器官にシャワーを掛けられると、総身の皮膚が粟立った。

「ここの処女はもらう。久仁絵の亭主は、一生、ここは犯さないだろうからな」

おぞましいと思いながら、それでも小堀の言葉は久仁絵を切ないほどに魅了した。小堀に蹂躙《じゅうりん》され、支配されたかった。

シャワーのノズルを掛けた小堀が、点検するように尻たぶを左右に開いて眺めた。

「よし、綺麗になったからご褒美だ」

「ぐっ！」

いきなりすぼまりを舐められ、久仁絵はまたも硬直した。

シャワーを浴びたにも拘《かか》わらず、たちまち久仁絵の総身から魅惑の香りが漂った。

細雪

鉢植えの白い椿が咲いた。

二年前に四十二歳で亡くなった菊恵《きくえ》の夫が気に入って買ったもので、五年目になる。

細雪《ささめゆき》という一重で大きく開ききらない抱え咲きから筒咲きの椿で、小さな花だ。最初は白侘助《しろわびすけ》かと思った。

夫が世話をしていただけに、枯らしたらどうしようと不安で、つぼみがつくとほっとし、年明けになると、つぼみのまま落ちてしまわないかと気になってくる。早いところでは一月に咲くようだが、菊恵の自宅では、いつも二月に咲きだしていた。三月、四月まで咲く椿のはずだが、地植えでもなく、そう大きくもないので花数も少なく、三月には咲き終わる。

引っ越し先の福岡《ふくおか》で、今までより早い一月末に咲きだした細雪に、菊恵は目を見張った。居心地がいいのだろうかと思いながら、今日はいいことがあるのかもしれないとも思った。

熊本《くまもと》生まれで熊本育ちの菊恵が博多《はかた》に越してきたのは、去年の秋口だ。それまでは夫の実家に近い場所に住んでいた。片田舎とまではいかないが、都会に比べると不便なところだった。

夫は建設会社の総務部で働いていた。結婚と同時に、会社まで車で十五分ほどのところにある空き家になっていた親戚筋の小さな家に住むようになった。空き家にしていては使い物にならなくなるので借りてほしいとのことで、ただ同然の家賃だった。

夫は五人兄弟の末っ子だ。今はその親も相次いで亡くなり、実家には農業を継いだ長男が住んでいるので、菊恵はそこに住み続ける必要がなくなった。

大学卒業後、給料のいい熊本市内の食品関係の会社に勤めていた菊恵だが、距離的なことから結婚を機に辞めるしかなかった。

結婚後は近所の民宿を手伝うようになったが、小遣い銭程度の収入だった。それでも、好きな習字や生け花など、幾つかの稽古事ができた。

夫が亡くなったのは菊恵が三十六歳の時で、今後の長い人生を考えると、そこに居続けても生活できるとは思えなかった。

将来を考えていた時、福岡で就職し、外資系の会社に勤める男と結婚して、そのまま博多に住んでいた高校時代の友人の慶子《けいこ》から、アメリカ赴任《ふにん》が決まったと連絡があった。

慶子は購入して間もないマンションのことで悩んでいた。地下鉄駅近くの便利なマンションだけに売りたくはないが、いつ帰ってくるかもわからず、また別の国への赴任も考えられる。部屋を汚す人だと困るので、見知らぬ人には貸したくないとも言われた。

「都会に住んでみたかけど、家賃は高かってでしょ？」

テレビで呆れるほど高額な都会の家賃のことを知って驚いたことがある。

「菊恵はきれい好きだし、マメに掃除をしてくれそうだから、ここに住んでくれるなら共益費程度でよかよ」

思いがけない慶子の言葉に、今後を悩んでいた気持ちが吹き飛んだ。

慶子が日本を発つ前にマンションを見に行き、博多で働く覚悟を決めた。

空き家になった後に越してきたが、菊恵が使うならと大きな家具はそのまま残され、新しい生活をするには楽だった。

自由の身になった菊恵は福岡に越してくると、まず博多駅や天神あたりの垢抜けた店々のウィンドーショッピングをおおいに楽しんだ。今までの蓄えや夫の死亡保険が入ったので、いい仕事場をゆっくり探すつもりだった。都会にはいくらでも仕事があると思っていた。ところが、あと二年で四十路《よそじ》になるだけに、そう簡単にはいかなかった。

そんな時、学生時代に知り合いに頼まれて熊本市内の和風料理店でアルバイトしたことを思い出した。そして、質のいい店で仲居もいいかもしれないと考えた。博多に来た頃は考えもしない職種だった。だが、明るい職場を想像し、気分転換にやってみようかと決意した。

何件か探してみようと思っていたが、玄界灘《げんかいなだ》の新鮮な魚介類を出すという中洲《なかす》の老舗に面接に行くと、すっかり気に入られてしまい、一軒目で職場を決めることになってしまった。

気に入りの紬《つむぎ》の着物を着ていったことで、着物で接客する職場だけに、自分で着つけできるなら心配がないとも言われ、元々、和服の似合う色白で愛嬌《あいきょう》のいい菊恵は、接客にはもってこいと言われた。

学生時代のバイト以外では仲居の経験がないと言うと、やっていれば慣れるし、目で覚え、わからないことは他の仲居に訊けばいいとのことだった。

一階から四階まである大きな店だった。最初は一階か二階の仕事から始まるが、菊恵は先に勤めていた者を追い越し、師走《しわす》に入ると三階の個室係にまわされた。個室も上客と一般客では部屋が変わる。四階の個室が上客用だった。四階の仲居はベテランで、粒ぞろいの女たちが揃っていた。

ゆとりを持って店に入った菊恵は、すぐに洋服から店の着物に着替えた。化繊の着物だが、最近はよくできていて正絹《しょうけん》と見間違うこともある。帯は博多帯でよく締まった。

得意客が多い四階の仲居だけは正絹の着物を着ていた。いつかそれを着たいと、仲居の仕事に前向きになっていたが、最近は気が重い。

営業は昼と夜の間に二時間の休みがあり、菊恵は五時から十一時まで、いちばん時給のいい時間に働いていた。帰宅は零時近くなるが、マンションまでそう遠くはなく、零時過ぎまで動いている地下鉄を使えば楽だった。

一月だけに新年会続きで、まだ予約客が多い。空いている部屋もすぐに埋まってしまう。

「なんばもたもたしよっと？　みんなが迷惑すっとよ」

イカの活造りを盆に載せて運んでいる菊恵に、年配の仲居頭が邪険に言い放った。

「すみません」

菊恵は足を止めずに詫《わ》びながら、五人客の入っている個室に急いだ。

この仲居頭は長く勤めているだけに顔見知りの客が多いようだが、四階の上客担当にはなれないでいる。四階で働いている仲居に比べると品格が劣るせいではないかと、菊恵は心ひそかに思っていた。

この仲居のために短期で辞める者も多いと聞いた。意地の悪い仲居を辞めさせれば長居する者が多くなり、この店ももっとうまくいくのではないかと思うが、できる仲居ということで店側が辞めさせられないのかもしれない。それか、世渡りのうまい狡《ずる》い女で、上司には底意地が悪いところを気づかれないように振る舞っているのかもしれない。

菊恵は六人掛けテーブル席の「南天の間」に入った。客は五人だ。

「おう、活きがいいな」

菊恵が説明する前に、客のひとりが、まだ動いているイカを見て言った。

「ここのは呼子《よぶこ》から取り寄せて、今まで生け簀《いす》で泳いでいたものですからね」

別の客が口を開いた。菊恵は初めて会った気がするが、常連のようだ。

「ゲソは後でお好みに合わせて天麩羅《てんぷら》か塩焼きにします。お刺身が終わった頃、またお伺いしますので」

菊恵は愛想よく言った。

「ええと、嵯峨《さが》さんか。これは足か腕か、どっちと思う」

五十前半と思える背広の男が、帯のやや上につけている菊恵の名札を見て訊いた。

「えっ……足じゃなかとですか？」

菊恵は唐突な問いに対して、ついお国訛《なま》りを出してしまった。

「実は、足じゃなくて腕なんだ」

「イカの腕なんて聞いたことがないですよ」

他の男たちが笑った。

「いや、間違いなく腕だ。触れる腕と書いて触腕《しょくわん》だ。イカにもタコにも足はない」

男が断定した。

「物知りの椿沢《つばきざわ》部長の言葉なら間違いないでしょうね。ヘェ、足じゃなく腕とは。

そう言われれば腕に見えてきました。利口になったところで注がせて下さい」

隣の四十代半ばの男が椿沢に徳利を差し出した。

「部長は辛口ですよね。これじゃ、もの足りないでしょう？　きみ、もう少し辛口の酒を持ってきてくれないか」

椿沢に酒を注いだ男が菊恵に顔を向けた。

「はい、すぐにメニューをお持ちします」

「いや、ここで人気の辛口を持ってきてくれればいい。嵯峨さんに任せる」

今度は椿沢が言った。

落ち着いた感じの愛想のいい男だ。

部屋から出た菊恵は、南天の間の脇にある帳場で酒の追加注文を書いた。

「何ばぐずぐずしよっと。水仙の間の蒸し物が冷めるやなかね。ぼっとしてる暇はなかとよ。この忙しか時に」

また仲居頭がやってきて小言を言った。

「すみません」

「あんた、三階に来るとが早すぎたっちゃない？」

菊恵はいつもてきぱきと動いているつもりだ。この仲居頭は難癖つける天才かもしれないと皮肉りたくなる。何も言えない自分が口惜しかった。耳慣れない博多弁も、菊恵を疎外しているように感じた。

　日に日に仲居頭が邪険になるようで、菊恵は希望に満ちた最初の頃とちがい、居心地悪い職場だと気が重くなってきた。下の階の方が気兼ねなく働けた。

　溜息をついた菊恵だが、南天の間に追加の酒を運ぶ時、さっと表情を変えて笑みを作った。

　廊下に出てきた椿沢に洗面所を尋ねられたのは、コースも終わりに近づいた頃だった。

「正面に進んで右側です」

「終わったら美味《うま》いコーヒーにつき合ってもらえないか。もちろん、帰りのタクシー代は出させてもらう」

「えっ？」

　すぐには言葉の意味が理解できなかった。

「気が向いたら、仕事が終わった時に電話してくれないか。天神《てんじん》に、遅くまで美味いコーヒーを飲ませてくれるところがある。こっちに出張の時は、呑んだ帰りに寄ることが多い。他の仲居にはないしょだぞ」

製薬会社の名刺を渡され、菊恵は動悸がした。予想もしていなかった。

これまでも客に声を掛けられたことはあるが、体よく断ってきた。だが、椿沢には抵抗がない。

「嵯峨さん、梅の間！　早く！」

椿沢が離れた時、やってきた仲居頭が急《せ》かせる口調で言った。

「すみません」

菊恵は名刺をさっと懐《ふところ》に入れて隠しながら詫びたが、仲居頭のきつい表情は気にならず、椿沢の誘いに心が浮き立っていた。


店が終わって電話をすると、大きなビルを起点に要領よく道順を説明され、わからないようなら迎えに行くと言われた。

深呼吸して椿沢の待つ店に向かった。

まだ天神のことにも疎《うと》い菊恵だったが、目的の店はすぐにわかった。

高級そうな店に足を入れると、

「嵯峨様ですか？」

ボーイに訊かれ、菊恵は面食らった。

「椿沢様のお連れ様でよろしいですね？」

「え？　ええ……」

落ち着ける感じの照明にも拘《かか》わらず、心が騒いだ。

クラシックな雰囲気の重厚な店にはカウンター席もあるが、個室風に簡単に仕切られた空間が多く、菊恵は奥の席に案内された。

「よう」

昔からの馴染みのように軽く手を上げた椿沢に、菊恵は恋をした少女のようにときめいた。

「洋服もいいが、着物の方が似合うな。いや、今の服が悪いわけじゃない。着物を着ると女将《おかみ》より立派だ。帰りに一階で女将に送られたが、きみの着物姿の方が粋だと思った」

椿沢の口からするりと出た褒め言葉に、一日の鬱憤《うっぷん》も消えていた。

「どうせ着物に着替えるなら長襦袢もそのまま使えるしと、着物で通っとったとです。でも、居心地悪くなって、そのうち洋服で出るようになったとです……」

「女将の干渉じゃないだろう？」

「ええ……」

「古株らしい意地の悪い仲居のせいか」

初めて会ったというのに、なぜそんなことがわかるのかと、菊恵は驚いた。

「その顔、図星のようだな」

「どぎゃんして……」

「部屋の脇に帳場があるだろう。声が聞こえるんだ。あの仲居、客の部屋に入ると愛想がいいが、客がいないところではいちいち文句を言う女のようで、私が経営者なら、あれはクビにする。嫌気が差して辞める仲居もいるんじゃないか？」

「ええ……私は三ヵ月ほどですけど、何人も辞めた人がおんなはります」

「だろうな。あれはまずい。それより、真夜中にコーヒーをつき合わせて、亭主に文句を言われるかな」

「ひとりですから……旦那さんのおんなさる人とちがいますから……夫は亡くなりました」

「未亡人か。博多の生まれじゃないな。博多弁とはちがう」

「熊本です」

「ほう、火の国の女か。いいな。下の名前を訊いていいか」

「菊恵です」

「嵯峨菊恵とは風流だな。嵯峨菊を知ってるか。京都の嵯峨で育った糸のように細い花びらの菊だ」

「雑誌で見たことはありますけど」

「名前を訊いたら、嵯峨菊がすぐに頭に浮かんだ。名前も菊恵。きみは嵯峨菊みたいだな」

どんな意味で言われたのか、菊恵にはわからなかった。

「飯を食いに行くか。腹が空いてるんじゃないか？」

「いえ……椿沢さんはもう十分でしょう？」

店に入る前に食べたきりで、そう言われると空腹を感じた。しかし、初めて会った客にそこまで図々しくはできない。

「食事は八時過ぎに終わったんだ。それからクラブやバーを引っ張りまわされて、乾き物ぐらいしか出されず、この時間になると腹も空くさ。遠慮するな。今すぐ帰りたいと言うなら別だが、寿司でどうだ。寿司の後がコーヒーだったな。まあ、いいいか」

「よばれてよかとですか」

菊恵は甘える気になった。

寿司屋で椿沢と呑んだ日本酒は心にまで染みた。

寿司屋を出る時、

「俺の部屋に来るか？」

耳元で囁《ささや》かれ、ざわざわと心が粟立った。

何の迷いもなく頷いていた。


「ひとりになってどのくらいだ」

ホテルの部屋で緊張している菊恵に、椿沢がコートを脱ぎながら訊いた。

「もう二年になるとです……」

「その間、男なしか」

「もしかして、誰とでん、いつもこぎゃんことしとると思っとらすとじゃなかですか」

そんな女に見られているのではないかと、菊恵は今になって慌てた。そして、哀しかった。

「訊き方が悪かったなら謝る。そんなこと、思うわけがないだろう。一緒に風呂に入るか？　それとも別々がいいか」

「先に入んなさって下さい」

「その間に逃げられると侘しいな」

「そぎゃんこと……」

菊恵が怒った振りをすると、唇を弛《ゆる》めた椿沢が浴室に消えた。

菊恵は落ち着かなくなった。寿司屋で少し酒も呑み、心地よく酔っていたが、椿沢の部屋に入り、一気に醒《さ》めてしまった。

夫が亡くなって初めて、男とふたりきりになった。弾《はず》むような気持ちも期待も消えていき、不安ばかりがつのってくる。

バスローブを羽織った椿沢が出てきた時、これから男の太い物で貫かれるのだと、心騒いだ。だが、落胆されないだろうかと、また不安が押し寄せた。

「シャワーはさっと浴びるんだぞ。本当はこのままがいいんだが、最初は気になるだろうから」

「ばか……」

菊恵は小さな声で言い、火照りを悟られないように、浴室に向かった。

夫が亡くなった時は哀しみしかなかった。だが、四十九日、百か日と過ぎる頃から、躰《からだ》が疼《うず》くようになった。抱いてくれる人がいなくなったのを実感するようになった。

指で遊ぶことは滅多になかったというのに、半年過ぎた頃からは頻繁に自分でいじるようになった。眠れない時は必ず指を動かした。達した後は、睡眠薬代わりにすぐに眠りに落ちることができた。

それでも、やがて指ではもの足りなくなり、太い物で貫かれたいと思うようになった。だが、相手がいないことにはどうしようもない。男の形をした玩具《おもちゃ》など見たこともなく、異物を入れることなど考えたこともなかった。

菊恵が未亡人になったことを知って、言い寄る男もいた。しかし、つき合うことが男女の関係を結ぶことになると思うと、抱かれてもいいと思える男がいなかった。

椿沢とは、店で少し話をしただけで好感を抱くことができた。その男から誘われ、今は深い関係になろうとしている。

菊恵は浴室の鏡に映った総身を見つめ、腰のあたりに肉がついたのを意識した。体重は変わっていないはずだが、以前より太ったような気がして、椿沢にどう見られるかと心許《こころもと》なかった。

浮かれた気持ちや酒の勢いでここまでやって来た気もして、椿沢に何と言われるかとますます臆病になった。

シャワーを掛けて念入りに女園を洗ったが、二年も営みがなかっただけに息苦しくなってきて、浴室から出られなくなった。

「まだか？　眠ってるんじゃないだろうな」

外で椿沢の声がした。

「今出るところです」

菊恵は慌てて答えた。


ホテルの浴衣を羽織って浴室から出ると、部屋の照明がわずかに落とされていた。

「余計なものは脱いでおいで」

ベッドに横たわっている椿沢が掛け布団を捲りながらやさしく言った。

椿沢の口調に、菊恵は泣きたいほど切なくなった。

菊恵のすべてを支配しているような口調だ。だが、力あるものの命令ではなく、限りない愛情で満ち溢れているような、心を溶かしていく響きがあった。

浴室で感じていた不安や息苦しさが消えていった。

菊恵は背中を向けて浴衣を脱ぐと、椿沢の左に身を横たえた。

すぐに椿沢に抱き寄せられた。

「奥さんがおんなはるでしょうに、私みたいなのにうちあってよかとですか」

この期に及んで愚問が洩れた。

「うちあう……？」

「私みたいなのを相手にして……」

椿沢には通じない言葉だったとわかった。

「後悔しそうか？　女房がいる男とはまずいか」

「いえ、夢のごたって。あう……」

椿沢に唇を塞がれた時、菊恵の心臓はいっそう激しい音を立てた。

結婚して二、三年過ぎると、こんなことはしなくなった。ベッドでの営みは簡単なものだった。久々の口づけだけで髪の生え際まで粟立つほど心地いい。躰だけでなく心が疼いている。

ねっとりした舌が菊恵の口の中を動きまわり、唾液を奪い取っていく。

「うぐ……」

堪えきれずに菊恵の鼻からくぐもった喘《あえ》ぎが洩れた。動けなかった。ただ、椿沢の愛撫に身を任せていた。

夫からも、これほどこってりとした口づけを受けたことはなかった。椿沢の舌が口中を動きまわるだけで神経がおかしくなる。

歯茎を這い、口蓋を滑る舌に、菊恵はなすすべもなく熱い息を鼻からこぼすだけだった。

じっとしていても総身が熱を持ち、下腹部が疼いてきた。肉のマメがトクトクと脈打ち始めた。

半身を起こした椿沢の片方の手が枕元の調光器に伸び、薄暗い部屋を明るくした。

菊恵は激しく首を振り、合わせた唇を離した。

「いや……」

元の照明に戻そうと、調光器に手を伸ばした。

「綺麗な顔を見ていたい」

椿沢は菊恵の手を元に戻し、胸のふくらみを包み込んだ。

「あ……」

ふくらみを確かめるように揉みほぐした椿沢は、指先で乳首をいじり始めた。

指の巧みさにますます下腹部が火照った。脈打ち、疼き、そこを癒してほしいと、意識しなくても腰がくねった。

「ああ……熱か……熱か」

眉間に皺《しわ》を寄せた菊恵は、見下ろす椿沢に向かって譫言《うわごと》のように繰り返した。

「いい顔だ」

そう言った椿沢は、乳首を口に含んだ。

「んんっ」

悦楽の波が一瞬にして躰の末端にまで駆け抜けていった。

感じすぎて耐えられず、菊恵は椿沢の手を退けようとした。その手を両脇で押さえつけた椿沢は、乳首を唇や舌先で舐めたりこねまわしたりし、ちゅるりと吸い上げたりもした。

「はああっ……」

総身が汗ばみ、自分が自分ではなくなっていく。女ではなくメスになっていく。ただ太い物が欲しく、淫らな肉の塊《かたまり》になっていく。椿沢の愛撫のせいだ。夫から、こんなに丁寧な愛撫を受けたことはなかった。

「あぁっ……欲しか……」

「どのくらい濡れてるんだ」

乳首から離れた指が肉マンジュウの翳《かげ》りを撫でまわした。

「汗ばんでしっとりしてる。いい感触だ。掌《てのひら》がくすぐられる」

椿沢の手は翳りを撫でまわした後、閉じた肉マンジュウのワレメを行ったり来たりした。そして、ワレメの中に潜り込んでいった。

「あっ」

椿沢の指が花びらに触れた瞬間、菊恵の躰はひくりとした。

「よく濡れてる。ぬるぬるだ。時々、指でココをいじってるんだろう?」

「いやっ!」

知られたくない破廉恥な行為を見透かされていたようで、菊恵は顔を覆った。

「いじってるようだな。それはまともだ。指をココに入れたりもしてるか。それとも、バナナのような太い奴か」

「いや。好かん……好かん」

菊恵は恥ずかしさに顔を隠したまま身をよじった。

女園から指を離した椿沢が、菊恵の顔を覆《おお》っている両手を剝《は》ぎ取った。

椿沢の目が眩《まぶ》しく、菊恵は顔を背けた。

「おとなしそうな顔をしているのにいやらしい女は好きだ。太い物を入れて遊ぶことはあるのか」

「そぎゃんこと言いんさらんで」

「何か入れることはあるか」

菊恵の羞恥《しゅうち》を楽しむように、椿沢が執拗に訊いた。

菊恵は首を横に振った。

「本当にないのか？」

疑惑の口調に頷いた。

「じゃあ、穴が塞がってるかもしれないな。時々アソコには太いのを入れないとだめだぞ。どれ、指なら入るか」

椿沢は再び指を肉マンジュウのワレメに挿入すると、女壺の入口を指で探った。そして、すぐに秘口を探し当て、人差し指の先を少し沈めた。

「あう……」

また菊恵の躰が強ばった。

指はほんの少ししか沈まず、入口付近で出し入れが始まった。最初はゆっくりと動き、じきにスピードが増した。

「あ……あう……あっ」

椿沢に見下ろされる菊恵は、唇を半開きにして切ない喘ぎを洩らした。すぐに奥まで沈んでいくと思った指が一向に沈まず、第一関節ぐらいまでが行き来している。もどかしい。

「んふ……」

菊恵は、もっと奥まで、と言えず、訴えるような目で椿沢を見つめた。それでも指が浅いところでしか出し入れされないのを知ると、腰をわずかに突き出した。

「もっと入れてほしいならそう言ってみろ」

指の動きを止めた椿沢の視線から逃れるように、菊恵は目を逸《そ》らした。

「このくらいでいいのか」

頬を弛めた椿沢は、また入口付近で出し入れして指を止めた。

「にくじばっかし……」

菊恵は鼻をすすった。

「にくじ？　どういう意味だ？」

指を出した椿沢が訊いた。

「はがいか……意地悪ばかり」

「熊本弁は難しいな。熊本弁で可愛いは何と言う」

菊恵は拗《す》ねたように口を閉じた。

「教えてくれないのか。意地悪しすぎて嫌われたか。やめるか」

溜息をついた椿沢に、菊恵は自分も愛想を尽かされたのかと慌てた。

「むぞらしか……」

「うん？」

「可愛いは……むぞらしか」

菊恵は小さな声で言った。

「むぞらしか、か。菊恵はむぞらしか女だな」

笑った椿沢は、いきなり菊恵の太腿《ふともも》を押し上げた。

「あう！　だめっ！」

恥ずかしすぎる姿に、菊恵は精一杯尻を振りたくりながらずり上がっていった。

「初めてなのに、舐める前にムスコを入れる訳にはいかないだろう？」

「いやっ。見ないで。ああっ……」

生ぬるい舌が女の器官をべっとりと舐め上げた。

菊恵は硬直し、顎を突き上げた。

表現できないような快感だった。

また椿沢の舌が恥ずかしすぎる秘部をもてあそび始めた。

花びらやその脇や肉のサヤを、やさしいタッチで動いていく。

羞恥のあまり逃げたいが、椿沢の手はがっしりと菊恵の脚をＭの字に押さえ込んでいる。

「はああああっ……はつかしか……はつかしか……ああっ……はああああっ」

亡き夫がこんなことをしたのは結婚してすぐの時だけだった。心地いいより恥ずかしさが勝っていた。それから十年余り。舌戯がどんな感覚だったか忘れていた。

「あっ……あっ……だ、だ、だめっ」

どこを触れられているのだろう。今まで知らなかった快感が総身に広がり、気をやる時のように、何かが急速に迫ってくる。

「そこは、そこは、もう……ああっ！」

呆気なく達した菊恵は、破廉恥に脚をＭの字にされたまま激しく打ち震えた。

「感度がいいな。意外なところで気をやったな。そんなによかったか。まだ少ししか舐めてないんだぞ」

心臓がドクドクと音を立てている。何が駆け抜けていったのだろう。不思議な、そして、この上なく心地いい絶頂だった。

菊恵はしばらく放心状態だった。

「脚、いや……」

動悸が収まってきた時、菊恵は我に返り、恥ずかしい姿から解放されたいと尻をくねらせた。

「まだ肝心のものを入れていないのに、さっさと気をやったな。ソコが感じる女はけっこういるにはいるが、菊恵がソコでいけるとはな」

「どこ……？　どこ……？」

菊恵はそこがどこか知りたかった。

「ん？　オシッコの出る穴じゃないか」

「いやあ！」

信じられない言葉だった。

「どうした、ソコを舐められたことぐらいあるだろう」

菊恵は大きく首を振った。

「旦那さんは、そんなこともしてくれなかったのか。真面目すぎたんだな。もっとも、最近は病的なほど潔癖な人間が多くなって、クンニやフェラチオを拒む輩《やから》もいるようだしな。そうか、初めてだったのか。じゃあ、これからいくらでも気持ちのいいことを教えてやる。本当にむぞらしか女だな。これで未亡人とは」

脚を下ろしながら、椿沢が笑った。

「もう落ち着いたか？　オシッコの穴を舐めたらいってしまった菊恵を見て興奮した」

「ああ、いや」

恥ずかしすぎる言葉に菊恵は身をよじった。

苦笑した椿沢は肉茎を握り、ひくつきの収まった秘口に亀頭を押し当てると、ゆっくりと女壺の奥へと沈めていった。

「あ……ああ……はああああっ」

肉ヒダを押し広げていく肉茎の感触はこの上なく心地いい。太い物を受け入れるのは何年ぶりだろう。舌で愛でられた時もたまらないほど気持ちよかったが、挿入の快感は舌戯とは異なる悦びだ。肉のヒダに神経が集中している。

屹立《きつりつ》が奥まで沈んだ時、菊恵はトロンとした目を椿沢に向けた。

「上等の器だな。いい気持ちだ」

ゆっくりと腰を引いた椿沢が、また膣ヒダの感触を味わうようにゆっくりと押し込んでいった。

太い物を挿入して動かされると、こんなにも気持ちがよかっただろうか。ひとりになって太い物が欲しいと思うようになったものの、こんなにも心地よいものだとは思わなかった。

椿沢が半身を倒し、菊恵に胸をつけた。

椿沢の規則正しい鼓動が伝わってくる。

「お互い気持ちよくなるには、慌てないことだ。単純に出し入れして終わりじゃ、つまらない。ぬるぬるのアソコを舐めまわしてジュースの味見をして」

「いやっ。はつかしか……」

椿沢の目が眩《まぶ》しすぎる。

「今度はムスコを、そのむぞらしか口でしゃぶってほしい」

覚えたらしい方言を使う椿沢に、菊恵はますますいたたまれなくなった。

「菊恵の心臓がドクドク言ってる。ふたりの鼓動がいっしょになると、互いの快感が行ったり来たりする。うんと気持ちよくなれる」

椿沢は菊恵の唇を塞いだ。

菊恵は今度は舌を動かした。椿沢の唾液を求めずにはいられなかった。女壺の中で肉茎がヒクリと動いた。

「ぐ……」

驚いてくぐもった声を洩らした菊恵は、舌の動きを止めた。

「私のムスコと相性がいいと思わないか？　ぴったりだ。毎日でもしたくなる。そうだ、名前の相性もいい。菊と椿の咲く時期は同じだからな」

半身を起こした椿沢は、腰を前後に動かし始めた。

「おお、よく締まるのに柔らかい。こんな名器、めったにないぞ」

椿沢が気持ちよさそうにしている以上に、菊恵は肉ヒダを押し広げて上下に滑る屹立の感触に、躰が溶けてしまいそうな気がした。

よすぎて泣きたくなる。

夫との営みは何だったのだろう……。ひとつになって腰を動かす夫は、さほど時間をかけずに極めていた。菊恵はいつも半端な気持ちだった。そんなものと思っていた。

椿沢はひとつになる前に散々恥ずかしいことをした。恥ずかしかったが、今まで知らなかった愛撫によって極めてしまった。その余韻が続いているのだろうか。

肉茎が動くたびに、屹立に擦られた肉ヒダの快感が全身へと広がっていく。

髪の生え際や指先にまで悦楽は行き渡り、自分が別の女になったような気さえする。こんなに感じたことはなかった。こんなにも男との行為は心地よかったのだ。

「ああ……よか……よか……気持ちよか……溶くる……溶けそう」

菊恵はすすり泣くように言った。

「溶けるか。私も溶けそうだ。またいけそうか?」

肉茎を出し入れしていた椿沢が、女壺の奥の奥まで沈めたところで、腰を揺すり上げた。

「あああああっ」

不思議な感覚が菊恵を襲った。

絶頂というほど大波ではなく、けれど、その感覚が総身を満たしている。

屹立は今までとは比べられないほどゆっくりとした出し入れになった。

「あああっ……はあああっ……」

妖しい感覚がゆっくりと、繰り返し押し寄せてくる。生まれて初めて体験するやさしすぎる感覚だ。

延々と続き、天上界に昇っていくような、この世のものとは思えぬ快感だ。

何をしているの……？

どうしてこんなになるの……？

菊恵は不可思議な気持ちで夢の中をさまよい続けた。

「はあ……よか……気持ちよか」

いつまでも続く快感に喘いだ。

「もっと続けてやりたいが限界だ」

ゆっくりと肉茎を出し入れしていた椿沢の腰の動きが、突然、速くなった。

「あう！　んんっ！」

穏やかに繰り返す悦楽の波が弾け、一瞬にして大波が押し寄せた。

巨大な絶頂が全身を駆け抜けていくと、今度は感じすぎて苦しくなった。

「ヒッ！　だ、だめェ！」

逃げようとした時、椿沢の動きが止まった。白濁液が女壺の奥深くへとほとばしっていった。

椿沢が菊恵の胸に半身を倒した。

「あう。動かないで」

女壺の中にすべての神経が集まっているように敏感になっている。わずかな動きでも感じすぎる。女にしかわからない耐え難い快感だ。快感は過ぎると辛くなる。

胸と胸が合うと、ふたりの激しい動悸が重なり合った。

「よすぎて限界だった。悪かったな」

椿沢に額のほつれ毛を掻き上げられ、さらに幸せな気持ちになった。

「初めて……あぎゃんとは初めて」

菊恵は口にせずにはいられなかった。

「何が」

「ずっと気持ちがよかとが続いて……」

「初めてだったのか」

菊恵は小さく頷いた。

「菊恵は感じる躰をしているから、少し時間をかけてやれば、あの感覚はいつでも与えてやれる。口でやれば、もっと長続きさせてやれるんだが、ムスコでやると、こっちが我慢できなくなる」

恥ずかしい言葉に汗ばみながら、菊恵は椿沢にしがみついて恥じらいを表した。

「心臓の音が重なった」

しばらくじっとしていた菊恵に、椿沢が言った。確かにひとつになっている。

「もう大丈夫だろう？　抜くぞ。とうに縮んでるがな」

唇を弛めた椿沢が躰を起こし、結合部にティッシュを当てて離れた。

自分のものを拭《ぬぐ》った後、新しいティッシュを引き抜き、菊恵の秘部に持っていった。

「あ……」

「動くな」

さりげなく秘部を清める椿沢に、菊恵はまた動悸がした。恥ずかしすぎるが、そのやさしさが心地いい。こんなことをされたのは初めてだ。合体の後の女園を見られるのは耐えられないだろうが、腕だけ伸ばして清めている椿沢に、菊恵はじっとしていた。

「いつも女性に、こぎゃんこつばしてやんなはっとですか……？　こぎゃんやさしかことば」

ティッシュを傍らのゴミ箱に落とした椿沢に訊かずにはいられなかった。

「ほんとは恐い男かもしれないぞ」

椿沢が笑った。

「今まで二月にしか開かんだった鉢植えの白い椿、細雪という椿が、今年は今日、咲したとです」

「ん？　サシタ？」

「あ……咲いたとです。ごめんなさい」

菊恵は慌てて説明した。

「何かよかことがあるごたると思ったら椿沢さんに会えました」

「嵯峨菊のイメージと思っていたが、そうか、白い椿か。細雪とは粋な名前だ。菊恵にぴったりだ。熊本の女はいいな。お国言葉でやってくれ。そのうち、何を言われてもわかるようになるだろう」

「また会ってくだはっとですか……」

「菊恵に次の男ができるまでは……いや、できても会いたいもんだ」

今夜限りではないと幸せな気持ちになった。

夫が育てていた細雪が、いつもより早く咲いた日に出会えた椿沢だけに、たとえ妻子がいる男であっても、夫が祝福してくれているような気がした。

「シャワーを浴びるか。行くぞ」

「お先に……」

「一緒だ」

半身を起こされた。

浴室まで引っ張っていかれた菊恵は、肩から湯を掛けられ、乳房に注がれた。それだけで、また感じた。その後、下腹部に水流が向かった。

「脚を開け」

「だめ……」

「洗わないでいいのか？　早く開くんだ」

椿沢の口調は強くはないが絶対的だ。魔術に掛かったように従ってしまう。

肉マンジュウを指でくつろげられ、そこに湯を掛けられた。

「はあっ……そんなにさるっと……変になる」

声が掠《かす》れた。

こんなに堪《こら》え性《しょう》のない女だったのだろうか。抱かれたばかりというのに、また下腹部が疼いてきた。

椿沢が湯を掛けながら精液の残渣《ざんさ》を清めるように、丁寧に指を這わせて清めていく。

「指と口とムスコと、次はどれがいい？」

湯を掛けて下腹部をまさぐりながら、椿沢が悪戯っぽい顔で訊いた。

「全部……」

そう言った菊恵は、その場にくずおれそうになった。

「全部か。嬉しいことを言ってくれるな。もっと精力たくましい男にならないといけなくなった」

くくっと笑った椿沢がシャワーのノズルをフックに掛け、早くも漲《みなぎ》ってきた肉茎を示すように、菊恵の手を取って握らせた。

雪見酒

宿に着いた夕希花《ゆきか》と南條《なんじょう》が仲居に案内されたのは、「明石」の間だった。夕希花は動悸がしていた。ふたりで飲食を共にしたことはあっても、宿に泊まるのは初めてだ。

南條には妻子がいる。冷静でいられるはずがなかった。後悔する気持ちもあった。

黒塗りの座卓に向かい合って座った。

床の間の細口《ほそぐち》の黒い花入には、うっすらピンクがかった椿のつぼみと、紅く色づいた葉をつけた丸葉の木が、これ以上に無駄なものはないというほど簡潔に挿《さ》されている。

「雪が降りそうだな」

窓の外に視線をやった南條は、お茶を淹《い》れている仲居にとも夕希花にとも取れる口調で言った。

石灯籠の仄《ほの》かな明かりが、部屋つきの小さな庭を闇の中に浮かび上がらせている。

「初雪になるかもしれませんね。奥様のお召し物、雪に椿で何ともみごとな柄で、床の間の椿も、そのお召し物にはとうていかないませんね」

仲居は夕希花が南條の妻と思っているのだろうか。夕希花は嬉しいような切ないような、複雑な気持ちになった。

「お風呂、いつでもお入りになれますから。お部屋の檜《ひのき》風呂もよろしいかと思いますが、ぜひ、庭の露天風呂をお楽しみ下さい。浴衣のサイズはこれでよろしいかと思いますので。お食事は一時間半後になりますから、少し前にご用意させていただきます」

差し出された二枚の浴衣《ゆかた》と、お風呂という言葉に、夕希花の心が騒いだ。

仲居がいなくなると南條はゆっくりとお茶を飲み、湯飲みを置いて、正面に座っている夕希花を座卓越しにじっと眺めた。

いつも美しい夕希花だが、今夜は特別に妖しく輝いている。アップにした黒髪が艶やかすぎる。

「風呂に入るか」

南條の言葉に、湯飲みを置いた夕希花が目を伏せた。

「食後すぐの風呂は躰《からだ》に悪い。先に入っておこう。露天風呂がいい」

コクッと喉を鳴らした夕希花は、小さく首を振った。

屠《ほふ》られる寸前の生贄《いけにえ》のように緊張している夕希花に昂《たか》ぶったが、南條はいつものようにゆったりとかまえ、笑みを浮かべた。

夕希花の夫は三年前に亡くなった。夕希花は結婚するまで、ある企業の受付にいた。美貌だけでなく、支えてやりたくなるようなオスを惑わせる雰囲気を漂わせている女に、その会社と取引がある南條は興味を持った。

夕希花はまだ二十五歳だった。今から十年前だ。受付で故意に無駄話することもあった。そうやって徐々に打ち解けていったが、夕希花は二十七歳の時に結婚し、退社した。

どんな男がさらっていったのだと思っていると、夕希花の大学の一年先輩で、小さな会社に勤めている男とわかり、学生の時からつき合っていたのだろうかと意外だった。夕希花ほどの女なら、もっと力のある男といっしょになれただろうにとも思った。

結婚して十年経たずに夫は他界。元から心臓の持病があったと知り、もしかして心根の優しい夕希花には男への同情もあったのかもしれないと想像した。

未亡人になって一ヵ月ほどして、南條はさりげなさを装って夕希花に近づいた。住所はわかっていた。

結婚したと知った時、受付の夕希花の感じがよく、会社を訪ねるたびに心地よかった。機会があったら渡してくれないかと、会社の者に小さなプレゼントを預けた。

夕希花なら礼状を寄越すだろうと予想できた。案の定、思いもしないことで恐縮していると手紙が届き、住所がわかった。

それから、年賀状だけで繋がっていた。

十一月になって喪中ハガキが届いた時は驚いた。亡くなって数ヵ月経っているのがわかり、近くまで来たからと口実を作り、家を訪ねた。

夕希花は信じられないという顔をした。それから一、二ヵ月に一度会うようになり、相談相手になっていた。そろそろ仕事を始めたいけれどと言われた時、南條は自分の会社で働いてくれないかと言った。働いてもらいたいのではなく、そばに置きたかった。結婚してますます妖しい色香を漂わせるようになっている夕希花を、他の男たちから遠ざけたかった。

未亡人になって一年もすれば、哀しみにも増して肉の渇きに苛《さいな》まれるようになるだろう。心臓の持病があった夫なら、夫婦生活も満足のいくようにできなかったかもしれない。子供ができなかったのはそのせいかとも思い、肉の悦びがどんなものか、とことん教えてやりたかった。

夕希花は南條の会社に就職した。

夕希花を抱く時期は早すぎず、遅すぎず……。

そう考えながら、夕希花を安心させ、信頼させてきた。

呑みに行ったり食事に行った帰りにタクシーで送っていく時、そっと夕希花の手を握っても拒もうとせず、ある時、握り返してきたことで、もう少しの辛抱だと思った。

夕希花が肉の渇きに耐えきれず、夜な夜な自分の指で慰めている淫らな姿を想像をするだけで南條は昂ぶった。

夕希花を取引先の会社の受付で見かけて目を留めた時から十年。ようやくふたりきりの一夜を過ごせる。

初々しさは今も変わりはないが、数年の夫婦生活を経た後だけに、昔とは比べられないほど艶かしくなり、情欲をそそる。いかにもという感じでメスを誇示する女は面白くない。夕希花のような恥じらいが予想できる女に、よりそそられる。

「さっさと風呂に入らないと、すぐに夕食になる。行こう」

立ち上がった南條は夕希花の傍《かたわ》らに行き、肩に手を置いた。

「お先に……それに……私はお部屋のお風呂に入りますから」

夕希花の動悸が聞こえるようで、南條はこのまま押し倒して抱きたかった。それでも冷静さは失わなかった。

「ひとりがいいのか」

夕希花が頷いた。

「じゃあ、内風呂に入るといい。私はもう少ししたら露天風呂に入ろう」

「お先に」

「私が先に入るわけにはいかない」

強引にことを進めた。

夕希花はやむなく立ち上がった。

「浴衣が楽しみだ。着物だけは脱いでいった方がいいんじゃないか？　覗いたりしないから、そっちの部屋を使えばいい」

藍色に流水模様の粋な柄の浴衣を持って、夕希花は隣室に行き、襖《ふすま》を閉めた。

未亡人になった夕希花は、亡き夫の持病は結婚前からわかっていた。だが、こんなに早く旅立つとは思いもしなかった。

将来への不安や辛い孤独の後で、今度は肉の渇きに襲われるようになった。亡くなってしばらくは、営みのことなど考えもしなかったというのに、半年もすると独り寝の夜は目が冴え、下腹部が疼《うず》くようになった。

我慢できずに手を伸ばし、指で花びらや肉のマメを包んでいる細長い肉のサヤに触れた。それから、堪《こら》え性《しょう》もなく自分の指で慰めて果てるようになった。

そのうち、指ではなく、あの太い男の印で貫かれたくなった。

南條とは結婚前に勤めていた会社で、時折、顔を合わせていただけだ。それにも拘《かかわ》らず、結婚後に南條からの祝いの品を同僚から渡され、予想もしていなかっただけに驚いた。礼状を出し、年賀状だけの関係だったというのに、うちで働かないかと言われ、親切にされ、とうとうここまで来てしまった。

南條の会社に勤め、惹《ひ》かれるようになった。けれど、最初は父親のように信頼していた。妻子がいる十六歳も年上の南條と深い関係になることができるだろうか。

今では不安や後悔が渦巻いている。来てはいけなかったのだと帯を解く手が重い。

「私はカラスの行水だが、きみはどうだ。髪も洗いたいならドライヤーで乾かせば、夕食に間に合う」

襖の向こうからの南條の声に、夕希花は慌てて帯を落とし、着物を脱いだ。長襦袢のまま出ていくのははばかられるが、その上に浴衣はおかしい。焦りながら考え、襖の向こうを気にしながら、長襦袢も肌襦袢も脱いでショーツだけになり、浴衣を羽織った。

素肌を隠したところでふっと気が楽になり、脱いだものを綺麗に畳んで襖を開けた。

「何だ、もう浴衣を着たのか。すぐに脱ぐのに行儀がいいことだ」

座卓に座って空の湯飲みをもてあそんでいた南條が苦笑した。

「お先に……」

着替えた部屋の襖を閉めた夕希花は、南條から逃げるように、浴室に向かった。

夕希花が浴室に消えると、南條は襖を開いた。

着物が几帳面に畳まれている。帯が一番上。次が着物。長襦袢はその下だ。肌襦袢と湯文字は一番下に隠れていて見えない。

南條は畳に沿って手を入れ、腰を包んでいた湯文字のぬくもりを確かめた。手にとって香りを楽しみたいところだが、きちんと畳まれたものを荒らすのも野暮だ。ほんわりとしたぬくもりだけで十二分に昂ぶった。

そこで南條は服を脱いで裸になると、浴衣を持って洗面所に向かった。

脱衣場に置かれた夕希花の浴衣もきちんと畳まれている。持ち上げると白いショーツが隠れていた。

手にとって肉マンジュウのワレメが当たる二重底を鼻に近づけた。楚々とした夕希花だが、男の脳味噌をガンと刺激するメスの匂いが籠《こも》っていた。決して濃厚ではない奥ゆかしいメスの香りだが、それがかえって男の情欲を疼かせた。

ショーツを故意に浴衣の上に置き、浴室へのドアを開けた。

「あ……」

シャボンのついた躰に湯を掛けていた夕希花が、驚いて背を向けた。

「何だ、背中を流してやろうと思ったのに、もう終わったのか。露天風呂はあとにした」

「だめ……」

「檜の風呂もいいかと、いっしょに入れてもらうことにした」

洗い場の椅子に腰かけたまま、夕希花は動けずにいた。

「全部洗ったのか」

夕希花の心臓はさらに大きな音をたてた。

つい今し方、漆黒《しっこく》の翳《かげ》りの載った肉マンジュウやワレメの内側を念入りに洗ったところだった。見られていないとわかっているものの、恥ずかしい行為を悟られているようでいたたまれなかった。

妻子ある南條とここに来るのではなかったと思い、深い関係になってはいけないとも思いながら、夕食の後の時間を意識して、秘密の部分にシャボンをたて、指で入念に清めたのだ。

「洗ったのなら交代してくれないか。檜の湯槽《ゆぶね》は香りがよくて疲れが取れそうだ」

ひととき固まっていた夕希花は荒い息を吐きながら前を隠して立ち上がり、湯槽に入った。

南條は夕希花の動揺を楽しみながら軽く躰を洗うと、湯槽に入って夕希花と向かい合った。

漲った乳房の若々しさ、細くなだらかな肩の線、こめかみに数本へばりついている黒髪の色っぽさ。それだけでなく、恥じらうというより困惑している表情にそそられた。

「いっしょに風呂に入れる日が来るとは思わなかった。もっとも、混浴だと思えば、男と女がいっしょに入っても何てことはないが」

「あの……お先に上がらせていただきます」

向かい合っていることがいたたまれないのか、夕希花は洗い場に向かって躰を捻《ひね》り、立ち上がろうとした。

南條は夕希花の腕を引っ張った。

「あう」

もがく夕希花を胸の近くまで引き寄せた。

抵抗している間に南條はもう一方の手を太腿《ふともも》に這わせ、柔肉のワレメに触れた。

「んん……」

夕希花の総身が硬直した。

「早く出ないと夕食の時間になるのはわかっているが」

故意にそう言った南條の指先は、ワレメを行ったり来たりした。

「だ……め」

「力を抜いてくれるなら五分で出よう」

鼻から荒い息をこぼしている夕希花は、人妻だったことを疑いたくなるほどウブだ。ますます先が楽しみになってきた。

必死に太腿を閉じようとしているが、南條の片膝が入り込んでいるので閉じられるはずもない。

指一本で難なくワレメをこじ開けた。

「あう」

花びらに触れると、夕希花の躰はびくっと硬直した。

「ここをしっかり洗ったんだろう？　洗っても、すぐにぬるぬるが出てくると思うが」

「いやっ。だめ……」

押し殺した声で言いながら、また逃げようとする夕希花に南條の股間のものは漲《みなぎ》り、いつでも貫ける態勢になった。

「ゆっくり風呂に浸かって美味しいものを食べて、それだけで帰りたいならそれでもいい。だが、可愛いここを、少しぐらいいじらせてくれてもいいだろう？」

花びらや肉のマメを包む細長いサヤに触れ、包皮を左右に揺らすと、夕希花の鼻からこぼれる息がますます荒くなり、乳房が大きく波打った。

「ひとりになってからは指でここをいじってたんだろう？　こうして触ると、いじっていたかどうかわかる」

「いやっ」

いい加減なことを言ったにも拘わらず、夕希花は動揺し、また暴れようとした。

「力を抜け。自分でするのもいいが、人にしてもらう方が気持ちがいいだろう？」

「あ……あう……だ、だめ」

肉のマメを包皮越しに丸くいじると眉間に可愛い皺《しわ》を寄せた夕希花は切なそうな喘《あえ》ぎを洩らし、すぐにぬめりを溢《あふ》れさせた。

「もう気持ちよくなってきたのか。風呂に浸かったままこんなことをしていると、のぼせてひっくり返るかもしれないな。出たいなら立つんだ」

女園から指を離しても夕希花は動かなかった。

「そうか、もっと続きをしてくれということか」

指を秘園に戻そうとすると、夕希花は我に返ったように慌てて立ち上がった。すかさず南條はがっしりと腰をつかみ、湯に浸かったまま、秘園に顔を近づけてワレメに舌を押し込んだ。

「あう！」

逃げようとする夕希花を逃がすまいと、南條は両腕に力を込めた。その力強さと裏腹に、女の器官を舐めまわす舌の動きはやさしかった。

「ああっ……だめ……あああああ……」

夕希花の抵抗の力が弱まった。

いつしか夕希花の両手は南條の肩に置かれ、舐めまわすほどに食い込んでくる。

「んん……んっ……んん」

夕希花の喘ぎの間隔が短くなってきた。他愛なく極めそうだ。だが、初めての行為だ。そう簡単にはいかせたくない。

「のぼせそうだ。上がろう」

南條は故意に顔を離し、夕希花を見上げた。

泣きそうな顔は、もう少ししてと言っているように見えた。

目の前にある漆黒の翳りが濡れている。ほどよい濃さの形のいい生え方だ。舌戯を許したからには、後はたやすい。朝までじっくりと可愛がることができる。

南條も立ち上がった。

「こんなになってるんだ。ここでしてもいいんだぞ」

股間の屹立《きつりつ》を握ってみせると、夕希花は喉を鳴らして顔を背けた。

南條は苦笑した。

「冗談じゃなく、本当にのぼせてひっくり返ると困るから出るか」

夕希花の腕を引っ張り、湯槽から出して脱衣場に出た。

「あ……」

極めてはいないものの舌戯でぐったりしていた夕希花だが、隠していたはずのショーツが浴衣の上に載っているのに気づいて慌てた。

「着物を着慣れた女はショーツは穿《は》かないものだが、着慣れていても穿くようだな」

家を出て何時間経っているだろう。その間つけていた下穿きを、南條が触れたのは確かだ。火照っていた夕希花の躰が、羞恥《しゅうち》のためにいっそう熱くなった。

「いつもこんなものを穿いてたのか。今から外に出るわけじゃなし、浴衣を着ても下には何もつけるんじゃないぞ」

南條は脱衣場で抱こうかと思ったが、あと三十分もすれば夕食の準備が始まる。初めて夕希花を抱くのに慌ただしく果てたくはない。五十路《いそじ》も過ぎ、若い時にはなかった忍耐も培《つちか》われた。夕食が終わるまで夕希花に触れないことにした。

食事の後片づけが終わると、すぐに係の者が布団を敷きにやってきた。

「雪が降るようでいて降らないな」

「今夜は降ると予報では言ってますけど、まだのようですね。雪の露天風呂は格別ですから、朝までに降ってくれるといいですね。それまでのお楽しみということで」

布団を敷いているのは白髪交じりの小さな男だ。

まだ八時半。夕希花は並べて敷かれた布団に動悸がし、ほとんど男の動きを見ていることができず、視線のやり場に困った。毎日、多くの客を見ている男に、ふたりの夫婦ではない関係を悟られているような気がした。

浴衣の南條はゆったりと座椅子に腰かけ、宿に置かれている観光名所のパンフレットを眺めている。

「では、お休みなさいませ」

男が出ていくと、夕希花の鼓動はいっそう激しくなった。

「風呂にも入ったし、ご馳走を食べると眠くなる。宿の懐石はちょこちょこ出てくるものの、けっこうな量だからな。それにしても、風呂から上がってから、今までに見たこともないほど色っぽくなった。今も、瞼《まぶた》のあたりがぼうっと赤らんで、外に出たら男たちが放っちゃおかないだろう。すぐに押し倒したいほどだ」

「だめ……」

夕希花は浴衣の胸元に手をやって衿《えり》を詰めた。

「だめと言われちゃ、仕方ないな。でも、たとえ、してと言われても、血液が全部胃袋に集まってるようで、やけに眠い。ひと眠りするけどいいか？」

夕希花は頷いた。

「酒も美味かった。二、三時間して目が覚めるといいが、ぐっすり寝込んでいたら、いつ起こしてもらってもかまわない。まだ寝ないならテレビを見てもいい。ちょっとした音ぐらいでは起きないから心配いらない。明かりは消さないでこのままにしておいてくれ。でないと朝まで熟睡しそうだ」

南條はそう言うと、さっさと布団に横になり、目を閉じた。

ほっとすると同時に、夕希花はもどかしいような切ないような気持ちになった。

風呂上がりの浴衣を着ながら、すぐに営みの続きが待っていると思い、妻子への罪悪感や、人に知られた時の不安に苛まれた。南條と深い関係になってはいけないのだと思い、どうすれば他人のままでここを出られるかと考えていた。

それなのに、横になって目を閉じた南條を眺めると拍子抜けし、安堵《あんど》するより、途方に暮れた。

テレビを見てもいいと言われたものの、南條の眠りを邪魔するようで、つける気にならない。本の一冊も持ってこなかった。夜のない東京とちがい、外はしんと静まり返っている。

手持ち無沙汰の時間をどうしたらいいか、夕希花は溜息をついた。そして、湯槽の中で秘部をいじられたことや、立ったまま秘園を舐めまわされたことを思い、羞恥が甦《よみがえ》ると同時に、久々の愛撫に総身がとろけそうだったことも思い出した。

妻子ある男と関係を持ってはいけないという思いはいつしか失《う》せ、あんなことまでしていながらさっさと眠ってしまうなんて……と、南條の薄情さが恨めしくなってくる。

躰を合わせず、指と口だけで愛されただけでも深い関係と言うのだろうか……。だめ、と口にしたために南條の気が変わったのだろうか……。

すぐさま眠りに落ちた南條を見つめながらあれこれ考え、夕希花はまたも溜息をついた。

南條が読んでいた近くの観光地のパンフレットを眺めた。だが、そんなものを見ても気はそぞろで、窓際に立ち、しばらく常夜灯のついた小さな庭を眺めていた。

露天風呂から湯気が上がっている。

南條の寝息が聞こえる。酒も入っているし、寝入ったばかりならしばらく起きないかもしれない。露天風呂に入ってみる気になった。

食前に風呂に入ったものの、もし南條が目覚めて抱かれることになるのなら、やはり直前には躰を清めておきたい……。

そんなことを考えている自分に気づき、夕希花は今まで以上の大きな息を吐いた。

露天風呂に入るには室内風呂と同じ脱衣場を使い、浴室とは別の戸を開けて出るようになっている。

夕希花は足音を忍ばせて脱衣場に行き、浴衣を脱いで庭に出た。

風はないが、かなり冷える。急いで肩から湯を掛け、石造りの露天風呂に浸かった。

南條が休んでいる部屋から露天風呂が見えるように、露天風呂からも室内の一部が見える。南條の寝姿までは見えないが、まだ眠っているだろう。

南條との最初の出会いのことはよく覚えていない。毎日多くの訪問客と接していた。そのうち来訪のたびに話しかけられるようになった。感じのいい好感の持てる男だった。だが、寿退社すれば南條のことなど記憶から消えるはずだった。それが、今、ふたりで同じ部屋にいる。

雪は降っていないが、雲が厚いのか星は見えない。真夏の満天の星は綺麗だろうにと空を仰ぎ、夕希花はとてつもない孤独を感じた。

朝まで南條が目覚めず、起きてすぐに朝食になって宿を出ることになれば、二度とこんな時間は持てないだろうか。そうなると後悔しそうだ。

肉の渇きだけでここに来たのではない。南條に惹かれていたからここに来た。いくら未亡人とはいえ、嫌いな男とふたりきりになれるはずがない。

夕希花は南條の休んでいる部屋を凝視した。

南條を起こそう……。

そう決意して露天風呂を出た。

南條の寝息だけが聞こえてくる。

南條を起こそうと思っていたが、いざとなると戸惑い、勇気が出ない。しばらく逡巡していたが、ついに声を掛けることも触れることもできず、布団に入った。

自分の勇気のなさに苛立《いらだ》った。久々に女の悦びが得られると思っていた。妻子ある男への思いに罪の意識はあっても、ここまでやって来た。

苛立ちはやがて哀しみに変わった。

起きて……気づいて……と言うように、何度も寝返りを打った。それでも南條の寝息に変化がないと知り、いつしかショーツをつけていない浴衣の裾を割り、太腿のあわいへと指を伸ばしていた。

南條の指で秘園をいじられた時、羞恥と心地よさがない交ぜになっていた。口で愛でられた時は逃げ出したいほど恥ずかしかった。だが、生温かくやさしい舌で女の器官をなぞられると、自分の指では味わえない悦びが髪の生え際にまで広がっていった。

漲ったものを見せられ、ここでしてもいいんだと言われた。なぜあの時、顔を背けてしまったのだろう。

南條が浴室に入ってくるとは思っていなかっただけに、いきなり現れて驚いた。心の余裕がなかった。今なら、何も言えなくても、黙ってそのまま立っているだろう。そして、抱き寄せられれば拒むことなく、太い物を受け入れるだろう……。

今さらながら後悔に苛まれた。そして、南條の目覚めを促すように、故意に寝返りを打って音をさせていたが、自分で極めるために女園に指を入れてしまうと、今度は目覚めないでほしいと願い、息を潜めてそっと指を動かした。

自分の指で花びらを触っていても、意識の上では南條の指だ。

『ここがいいんだろう?』

『だめ……そこはだめ……』

『ぬるぬるが出てきたじゃないか。いやらしいことをしてほしいんだろう?』

妄想しながら夕希花はゆっくりと指先を動かした。

『こうやってほしいのか?』

花びらをぴらぴらともてあそんだ。

『しないで……』

夕希花は秘口の周辺に触れ、たっぷりとぬめりが溢れているのを確かめると、ティッシュを持ってくればよかったと後悔した。ショーツを穿けばよかったとも思った。南條に抱かれることを期待して、言われたように浴衣の下には何もつけていない。このままでは浴衣にシミができてしまう。それでも悦びが欲しくてたまらない。今さら恥ずかしい行為をやめるわけにはいかない。達してしまわなければ眠れそうにない。

一気に極めてしまおうと、肉のマメを包んでいるサヤ越しに指を左右に小刻みに動かした。

その時、南條の手が伸びてきて、夕希花の掛け布団を一気に捲り上げた。

声を上げる間もない一瞬のできごとに、夕希花の総身が硬直した。

「ほう、私が横にいるのに自分でそんなところをいじっていたのか。どうして起こしてくれなかったんだ」

目を大きく見開き、唇を半開きにした夕希花は、自慰を知られたことに死にたいほどの羞恥を感じた。

「ひとりになってからは毎日指でいじってたんだろう？　ここに来てまでいじってるんだからな」

「嫌い！　いやっ！」

南條の言葉は恥ずかしすぎて耐え難く、夕希花はようやく声を上げ、うつぶせになって顔を隠した。

「あっ！」

浴衣の裾が背中まで捲り上げられ、尻がすっと空気になぶられた。

「うつぶせになったってことは、尻を触ってくれということだろう？」

太腿の間に躰を入れられ、腰を押さえつけられると、夕希花は仰向けになることができなくなった。

「尻の形も品がある」

南條は左手で腰を押さえたまま、右手で絹地のようなすべすべの尻肉を撫でまわした。

初めて会った時から、夕希花の肌がきめ細かなことはわかっていた。ひと昔前の女のようなしとやかさと、制服の下の餅肌を想像してそそられた。

「いや。いや」

指で遊んでいたことを知られただけでも夕希花にとっては衝撃だったが、尻を剝《む》き出しにされて見つめられ、触れられている現実は、言葉にできないほどの屈辱だった。

「ずっと寝たふりをしていたんだ」

尻を撫でまわす南條の言葉に、夕希花はさらに動揺した。

「して、と言ってほしかったのに、いやとしか言わないから、言ってくれるまで寝たふりをしていようと思った。露天風呂にも入ってやっと私の布団に潜り込んできてくれると思っていたら、何とオナニーを始めたようだとわかって、狸寝入りはおしまいにした」

指戯を知られた羞恥や、南條から逃れようと必死になったことで夕希花の総身は汗ばんでいたが、今の言葉にますます熱くなった。ずっと騙《だま》されていたのかと、口惜しさもつのった。

「ああしてくれ、こうしてくれと言う女より、言いたいのに言えない夕希花のような女の方がいじらしくていい。朝までたっぷり可愛がってやる。ただし、あまり大きな声を出すと誰かに聞こえるかもしれない。私はかまわないがな。大きなよがり声は男にとっては嬉しいものだ」

南條は尻肉の谷間に隠れた後ろのすぼまりを眺めるため、両手で谷間を大きく割った。

「いやあ！」

夕希花は自分の声にはっとし、羞恥以上に、人に聞かれたのではないかと動揺した。

南條はそのまま双丘のワレメを閉ざさなかった。後ろの排泄器官さえ品がある。左右に伸びたすぼまりの皺は、控え目な薄紅色だ。中心がひくつき、恥じらう夕希花の心情を表しているようだ。

「亭主もこうして夕希花の上品な尻の穴を、いつも眺めていたんだろうな」

「そんな……そんなこと……いやっ」

夕希花は周囲をはばかり、声を押し殺して言った。

亡き夫はこんなことはしなかった。夕希花は尻をくねらせ、南條の視線から逃れようとした。

「ぐっ！」

すぼまりの中心を生温かい舌がべっとりと舐めた。夕希花の腰が跳ねた。

「んっ！　い、いやっ！　んんんん……」

後ろの排泄器官を舐められるのは屈辱でしかない。こんな経験は初めてだ。逃げたかった。だが、舐めまわされたり舌先でつつかれていると、これまで知らなかった奇妙な感触にぞくぞくとし、恥ずかしさより快感が勝ってきた。

こんなところを愛でる男がいたのだ。しかも口で……。

死ぬほど恥ずかしいことをされていながら、蜜が溢れている。

「んんっ……はあああっ……嫌い……あう……んんっ」

朦朧とするほど心地いい。総身の力が抜けていき、夕希花は喘ぎを洩らすだけになった。

南條は頃合いを見計らって、腰をグイッと掬《すく》い上げた。

尻だけ掲げた夕希花は、また逃れようとする素振りを見せたが、すぐに諦めた。

「こうやると、尻だけでなく前も丸見えだ。まだ前を触ってないのにびしょ濡れじゃないか。アヌスを舐めまわすと、そんなに感じるのか。これからは会うたびに舐めてやる」

南條は後ろから舌を伸ばし、ぬめついた花びらや粘膜を舐めた。

「ああっ……」

夕希花の喘ぎが股間のものをひくつかせた。

「そろそろ太いのが欲しくなったか。それとも、やっぱり自分の指の方がいいか。うん？　ここでやめて寝た方がいいのか？」

この期に及んでも意地の悪いことを言う南條に、夕希花は恨めしくやるせなかった。

「やめるか？」

沈黙があった。

このままでは今度こそ本当に南條は寝てしまうかもしれない。

「して……」

夕希花は掠《かす》れた声で言った。

「うん？　聞こえなかった」

「して……」

夕希花は泣きたくなった。

「やっと言ってくれたな。いくらでもしてやる。腕を立てて四つん這《ば》いになってみろ」

南條が腰をつかんでいた手を放すと、夕希花はつい尻を落とした。

「頭はあっちだ」

南條に腕をつかまれ、今までと反対の向きにされた。

「ほら、四つん這いになれ」

ぴしゃりと尻を叩かれた。

「あう」

派手な肉音がしたが、痛みより恥ずかしさが勝った。尻を打擲《ちょうちゃく》されるのも初めてだ。夕希花は動けなかった。

「ひょっとして尻を叩かれるのも好きか？　すぐに言うことを聞けないなら尻っぺたを叩くことにしよう。じっとしているところを見ると、やっぱり叩かれたいんだな」

またパシッと派手な音が響いた。

「あう！」

夕希花は慌てて四つん這いになった。

今まで足元にあった姿見を、南條が夕希花の正面へとずらした。

「自分がどんな顔をして太い物を呑み込むか、しっかり見てるんだ。鏡から目を逸《そ》らしたら、尻が真っ赤になるまでひっぱたくからな」

なぜさっきと逆の方向を向かせたのかわかり、夕希花の胸が喘いだ。

上気した顔が映っている。背中まで捲り上げられている浴衣が破廉恥だ。

「浴衣……このままじゃ……いや」

いっそ脱いでしまった方がさっぱりする。

「素っ裸もいいが、今はこの方がいい。いやらしいことをしている気持になってムスコがますます元気になる」

南條は夕希花が浴衣を脱ぐのを許さなかった。

夕希花の真後ろに跪《ひざまづ》いた南條は、左手でがっしりと腰をつかみ、右手を伸ばして女園をさぐった。

「あう……」

鏡に映った夕希花が眉間に皺を寄せた。

南條は鏡の中の夕希花を見つめながら、ぬるぬるの花びらや肉のマメを包んでいるサヤをいじりまわした。

耐えきれないように腰がくねった。半開きの唇から白い歯がこぼれ、夕希花をますます妖艶にしていく。

股間でクイクイと跳ねる屹立を握った南條は、先走り液の滲《にじ》む亀頭を夕希花の肉の祠《ほこら》に押しつけ、女の器官全体を撫でまわした。

夕希花の唇がもの言いたげに、かすかに動いている。

上品な顔をした夕希花だが、肉茎が欲しくてならないのだ。自分の指で遊んでも太い物で貫かれる快感は得られない。久々の営みにどんな表情を見せるだろう。

南條はゆっくりと女壺の奥へと屹立を沈めていった。

「はあああ……」

夕希花の細い首がかすかにのけぞり、眉間の皺が深くなった。唇のあわいから覗く白い歯は、ぬめぬめと妖しい光を放っている。

女壺の奥へと沈んでいく剛棒の側面を、やわやわとした肉ヒダがねっとりと締めつけてくる。想像以上の極上の器に、南條は感嘆した。

「おう、最高だ。こうしてほしかったのか。こいつが欲しかったのか」

南條は艶めかしい夕希花の表情を眺めながら、奥まで沈めていった肉茎を、今度はそっと引いていった。

「ああっ……」

切なそうな悦楽の表情を見せる夕希花に、南條はますます煽《あお》られた。

肉ヒダの感触を確かめるために、またじっくりと沈めていった。

「おお……」

「んんっ……」

南條の感動の声と夕希花の喘ぎがひとつになった。

奥まで沈めた時、腰をぐるりとまわし、ヒダの周囲をなぞったり、腰を揺すって刺激を与えたりした。そして、ゆっくりした出し入れを繰り返した。ヒダの締めつけが絶妙だ。

少しずつ速度を速めては、またゆったり動き、今度は動きを止めて肉のマメを指でいじった。

「あう」

夕希花の口が大きく開き、鏡の中の南條を大きくなった目で見つめた後、その視線は鏡から逸れた。

「ぬるぬるだ」

指先でくすぐるようにサヤごと肉のマメをもてあそぶと、肉ヒダが微妙に収縮し、剛棒を握り締めてくる。

「んん……だめ……ああ……だめ」

夕希花の腕が震えている。

「後ろからされるのは好きか。うん？　嫌いならやめるぞ。嫌いか」

南條は肉のマメをいじる指を離し、腰の動きも止めたまま動かなかった。

「好き……」

ようやく聞き取れる声だった。

「夕希花は意外といやらしいようだな。こんな格好でされるのが好きだったとは」

「嫌い！」

後背位が好きだと言われたことが恥ずかしかったのか、夕希花は慌ててそう言い、逃げようとした。

「おっと、鏡から目を逸らしたら、尻が真っ赤になるまでひっぱたくと言っておいたはずだ。そろそろ尻を叩かれたくなったか」

屹立を女園から抜いた南條は、ピシャリと派手な音をたてて尻たぼを叩いた。

「あう！」

夕希花が尻を落とし、同時に立てていた肘も折った。

人妻だった夕希花の尻を打擲するたびに、南條は妙に興奮した。今までもこんな遊びをしたことはあるが、夕希花ほどそそる女はいなかった。

もういちど叩くと、絹地のような白い肌に赤い手形がつき、南條は自分のものだと印をつけたような気持ちになった。

ひっくり返して仰向けにし、硬く閉じた太腿を強引に割り開いて、ぬめって充血した肉マンジュウの中を眺めた。

楚々としていた花びらが、今はぼってりと充血し、やけに淫らだ。清楚な夕希花との落差が大きいだけに昂ぶる。

「いや。見ないで」

懸命に膝を合わせようとする夕希花に、南條は今さらと思ったが、追い詰められた獲物のような表情を見せる夕希花に対し、自分が優位に立って責めているのか、逆に誘惑されて煽られているのかわからなくなった。

脱がさないままの浴衣の乱れも、夕希花をますます妖艶に見せている。

すっかり開ききった胸元からこぼれている椀形の乳房は、今が旬と思えるほどみずみずしい。逆二等辺三角形の黒い翳りは、汗かぬめりかわからない湿りでねっとりとし、割れた肉マンジュウの中は銀色の蜜にまぶされたように光っている。

パールピンクの女の器官は、夕希花の恥じらいとは反対に、貪欲に屹立を求めている。

「腹一杯食べさせてやる」

唇を弛めた南條は、涎《よだれ》を垂らしているように蜜のしたたっている秘口の入口に亀頭を押し当て、今度は一気にグイッと奥まで貫いた。

「んんっ！」

まるで夕希花は凌辱《りょうじょく》されているようだ。それでも、出し入れを繰り返していると、眉間の皺をいっそう深くして甘やかな喘ぎを洩らした。

「どうだ、いいか。こいつを咥えたくて毎日指でアソコをいじっていたんだろう？　これが嫌いならやめるぞ」

ひととき動きを止めると、

「して……」

夕希花は泣きそうな顔をして、やっとわかるほどの声で言った。

「お……」

視野の隅にちらりと動いたものがあり、外を眺めると雪が舞っている。

「起きろ。外れないようにしろよ」

南條は夕希花の背中に腕をまわし、結合が外れないように、そっと抱き起こした。

「雪だ。こうしてくっついたまま見る雪は風流だな。ひと汗流したら露天風呂に入って雪見酒だ」

夕希花は窓の外に視線をやった。そして、南條の背中にまわした腕に力を入れ、広い胸に顔を埋めた。

南條は密着した下腹部を揺すり立てると、今度は夕希花を抱いたまま仰向けになり、上になって困惑している夕希花を見上げてクッと笑った。

紐

京都駅に近いホテルに荷物を預けた悠里《ゆり》は、国際会館行きの地下鉄烏丸線《からすません》に乗った。目的の丸太町《まるたまち》駅まで七分しかかからない。

すぐに着いてしまうのが不安だった。早く宮井雅寛《みやいまさひろ》の店に行きたいと思いながら、近づくと、どうして来てしまったのだろうと後悔めいた思いが過ぎっていく。京都御所《きょうとごしょ》に近い丸太町通にある京焼・清水焼の器や箸置きなどを扱う老舗《しにせ》の息子、宮井と出会ったのは二十二歳の時だ。

当時、宮井は都内の大学を卒業し、そのまま西新宿《にししんじゅく》の会社に就職していた。宮井はふたつ年上で、社内恋愛だった。

同僚にはふたりの関係を隠し続けた。

宮井が父親の急死で会社を辞め、店を継ぐことになったのは、悠里が二十四歳の時だ。

一緒に京都に来てくれと言われた。迷ったが、まだ社会に出て二年も経っておらず、京都の老舗で姑も一緒に暮らすことを考えると荷が重かった。

これから羽ばたこうとしていた悠里にとって、人生が限られ、狭い世界に閉じ込められてしまうのはいやだった。未来が塞がれてしまう気がして、結婚はもう少し先にしたかった。

もし宮井が店を継ぐのではなく、サラリーマンを続けると言っていたら、一緒になっていた可能性が大きい。だが、当時の悠里にとっては歴史ある古都より、若者で賑《にぎ》わう東京や自分の仕事の方が魅力があった。

悠里は学生時代から人気があり、宮井が最初の男ではなかったし、宮井との交際を知らない社内の男たちから声を掛けられることもあり、迷いはあっても別れる方を選択した。

大学を卒業してすぐに結婚した友人に、舅《しゅうと》や姑《しゅうとめ》とは絶対に住まない方がいいと、同居の難しさやストレスを聞かされていたこともある。

結婚は無理だと言った悠里に、信じられないという顔をした宮井は落胆し、考え直してくれと何度も言った。

悠里の決意が固いと知った宮井は、東京を後にする前、最後のセックスになるなと、ラブホテルに誘った。

いつもとちがうセックスだった。

その日以来、宮井と会っていない。

京都にやって来たものの、宮井に会えるかどうかわからない。別れてから十五年も経っている。

悠里が他の男と結婚したように、宮井も家庭を持っているだろう。四十一歳になった宮井が独身と考える方が不自然だ。それでも、ここ四、五年、宮井のことを思い出しては会いたい気持ちがつのっていた。

電車が丸太町駅に着いた時も、ドアが開いた時も、ホームに降り立った時も、悠里の昂《たか》ぶりは続いた。

烏丸線丸太町駅は京都御所の南西の角にある。目的地には丸太町通を東に向かってまっすぐに行けば五分もかからない。

いちどだけ、宮井に案内されて店に行ったことがある。その時、他人ではなくなっていたが、まだ結婚の話までしたことはなかっただけに、宮井は同僚の京都旅行の案内を買って出たとだけ親に言い、ふたりの関係は語らないままだった。

目的地に近づくにつれ、ますます胸苦しくなった。

宮井がいたら何と言おうかと、そんな言葉さえあれこれ考え、反芻《はんすう》した。

京焼・清水焼専門店　宮井陶苑と書かれたかつてと同じ看板を目にした時、悠里は立ち止まってしばらく佇《たたず》まいを眺め、溜まった唾液を呑み込んで息を整えた。いかにも京都らしい格子戸に、二階の窓を隠している簾《すだれ》。古い町家を改装したと聞いている。かつては一階が店舗、二階が倉庫代わりになっていた。

四月も半ばとなり、朝から暖かいだけに、格子戸は開いているが、長い暖簾《のれん》が入口を隠している。

深呼吸して暖簾を分けた。

「おこしやす」

すぐさま明るい女の声がした。

濃淡のちがう縦縞の藍染めの紬《つむぎ》に、白い博多帯を締めた女は三十半ばだろうか。色白でアップにした髪は艶々と輝き、涼しげな目が笑っている。いかにも京都の女という雰囲気だ。

「こんにちは……拝見させて戴いてよろしいですか」

「へぇ、どうぞゆっくりと見てってておくれやす」

女だけしかいない。

店内はかつてとちがう。木の陳列台にゆったりと器が並び、六畳ほどの畳の間には長火鉢が据えられている。部屋の壁に沿って木目の美しい一枚板が置かれ、その上に器が並んでいた。

坪庭の灯籠と小さな石組みの周囲は青々とした苔《こけ》で覆《おお》われ、計算して配された木賊《とくさ》と羊歯《しだ》によって静謐《せいひつ》さを醸《かも》し出している。

「素敵なお店ですね……そこの器、並べ方がいいから余計に素敵に見えるのかしら」

不自然にならないようにと会話に気遣いながら、どうすれば宮井のことが訊けるだろうと考えた。

「今月は若い作家さんで期待されるお人のひとり、陶春《とうしゅん》さんの作品、並べさせてもらいました。どうぞお上がりになって見ておくれやす」

「じゃあ、拝見させて戴きます」

ヒールを脱いだ悠里は畳の展示室に上がった。

宮井は店には出ないのだろうか。さり気なく聞いてみようかと思いながら、興味のない器を熱心に見ている振りをしていた時、誰かが店に入ってきた。

入口に背を向けたまま、悠里は器を眺めていた。

「遅くなって悪かった。間に合うか？」

「ええ、大丈夫」

背中の声が宮井だとすぐにわかり、悠里の心臓は高鳴った。

「じゃあ、お客様、お願いします」

その声の後、

「店番変わりますけど、ごゆっくり」

女が悠里に声を掛けた。

「すみません。すぐに失礼しますから」

思いきって振り返った悠里は、女に笑顔を向けた。

女は愛想よく会釈して出ていったが、宮井の目は大きく見開かれた。

「お久しぶり……懐かしくなって……店員さんしかいないのかと思ったら……」

「女房だ」

驚いた悠里の唇は半開きになった。

宮井のことで頭がいっぱいだったとはいえ、なぜこの店にいるのが妻だと思い至らなかったのだろう。

「奥様だったのね……私はただのお客としか思われていないわ……綺麗で可愛い奥様ね」

別れる時は二度と顔を見たくないと思うほど嫌悪していたというのに、会いたい思いが何年もつのっていたせいか、目の前の宮井が愛しかった。

会えた時の期待と、落胆するかもしれないという両極端の思いがあったが、歳を重ねた宮井は悠里を欲情させる雄々しいオスだった。

「奥様、京都の人みたいね」

「ああ。あれから十四、五年か……」

「すぐに私とわかってくれたのね」

会話が成り立ったことで、まずは安堵した。

「忘れるはずがない……」

「あんなことがあったのに？」

悠里は宮井の反応を見逃すまいとした。

最後の夜、宮井はそれまでとちがい、悠里を後ろ手に縛って抱いた。

屈辱と怒りに、悠里は自由になろうと必死になってもがいた。だが、最後まで拘束から逃れることはできなかった。

非難の言葉で別れた。

最後に軽蔑《けいべつ》するほど嫌うことができ、すっきりしたと思った。だが、それから五年後に結婚し、今の夫との穏やかな生活が始まったというのに、やがて宮井との最後の夜を思い出す日が多くなった。

夫とのノーマルで呆気ないセックスに満たされなくなり、宮井との強烈な営みが毎日のように脳裏に浮かぶようになった。

宮井に蹂躙《じゅうりん》される妄想に昂《たか》ぶっては、こっそりと自分の指を秘園で動かして法悦を迎えるようにもなった。

悠里自身、仕事はできる方だと思っている。周囲は男と肩を並べる勇ましい女と思っているかもしれない。だが、ここ数年、自分の中に被虐性があるのに気づいた。

卑劣な行為だと怒り、二度と会いたくないと思った宮井に未練がつのり、かつて屈辱だと思った行為に惹《ひ》かれている。隠れていた本性に気づくと、ますます宮井への思いが強くなった。

「俺のことを軽蔑すると言ったんだったな。近くまで来たついでに、もういちどいやな男の顔を見てみようと思ったのか」

怒っている口調ではなかった。

「私も結婚したわ。三十になる前にと、二十九歳になった時……それから十年、平凡に幸せよ」

「そんなことをわざわざ言いにきたのか」

宮井の口調は落ち着いていた。

アブノーマルな行為を思い出して熱くなることが多くなっていた悠里にとって、宮井が目の前に立っているだけで下腹部が疼《うず》いた。

「幸せなのに、いつからかあなたのことを考えるようになって、あんな行為に躰《からだ》が燃えて……あんなことが好きな女とわかるようになったの……夫はノーマルよ。だから、たまらなくあなたに会いたくなって……今さらおかしいでしょう？」

今まで落ち着いていた宮井が、初めて意表を衝《つ》かれた顔をした。

「奥さんに……あんなこと……してるのね」

色白の女が破廉恥なことをされている姿を思い浮かべると、激しい嫉妬が湧いた。

「あんなことは女房にはできない。あの時、悠里に、一緒にはなれないと言われたから……最後と思ってやった……結婚できないのならと……だからできた」

意外すぎる言葉だった。

妻とはそういうことをしていないとわかり、悠里は安堵すると同時に、他に女がいるのではないかと考えた。

「あんなことは……他の人としているのね」

「ああ。あんなことは女房以外としかやれない」

あまりにもさらりとした言葉だった。

「じゃあ、二重生活？」

「世の中にはすべてに表と裏がある」

「明日は東京から来る友達と落ち合って一泊することにしているの。でも、今夜はひとりよ。一日早く来たの。ここに来てみるために」

それだけ言えば、後は宮井が判断することだと思った。

「女房は二時間ほどしたら戻ってくる。そしたら、交代できる。用があって今夜は遅くなると言おう。ここを出る時、電話する」

落胆せずにすんだ。だが、悠里は期待だけでなく、怖じ気づいている自分にも気づいていた。そして、清潔な感じの妻への後ろめたさも感じていた。

宮井は悠里の部屋に来るかと思っていた。だが、落ち合う場所を指示され、ホテルに入った。ラブホテルというのはわかったが、部屋に入って、異質な空間と気づいて息苦しくなった。

「こんな部屋、初めてか。ここはおとなしい方だ」

「落ち着かないわ……」

ベッドの四隅にポールが立っている。それが四肢の束縛に使われるのは、黒いレザーの拘束具がついているのでわかった。

この部屋はＳＭルームと言われるアブノーマルな営みのための部屋らしいとわかるが、体験のない悠里は追い詰められた獲物のようにさりげなく視線を動かし、逃げ場を探そうとした。

「普通のラブホテルと思ったのに……」

平静を装おうとしたが、顔が強ばりそうになった。

「普通のラブホテルでもあんなことはできる。だけど、悠里の告白で、こんなところもいいかと思った。この部屋は初心者向きだ。ベッドの拘束具しかないからな」

「ここ、初めてじゃないのね……」

アブノーマルな性の相手として、決まった愛人がいるのだろうか。

「風呂には入ってきたんだろう？　もういちど入るか？」

「シャワーを使わせてもらうわ」

十数年ぶりに会ったというのに、そして、お互いに連れ合いがいるというのに、再会してほとんど話もしていないまま、営みだけが目的の場所にいる。

落ち着かなかった。シャワーを浴びれば少しはリラックスするだろうか。

「先に使ってくれ。丸見えだし、ここで脱いでいくといい」

ラブホテルによくありがちな寝室から浴室が丸見えの、硝子張《ガラスば》りの造りだ。

「ちょっとお肉がついたわ……」

スリムだった昔を思い出し、急に不安になった。今も太ってはいない。人にはちょうどいいと言われる。それでも、鏡の前に立つと、腹部のあたりに肉がついたのを意識するようになった。

「二十代のままの方がおかしい。それに、あの年代のウェストのくびれがつまらなくなった。女はやっぱり丸みのある方がいい」

ジャケットを脱いだ宮井は冷蔵庫からスポーツドリンクを出し、グラスに注いだ。

悠里は背を向けてセーターやスカートを脱ぎ始めた。宮井との時間を意識して、ベージュ色の上質なシルクのブラジャーとショーツに着替えてきた。

背を向けて脱いでいるとはいえ、インナーを見てもらいたい気持ちがあった。背後から見られているのがわかる。手の届くほど近くにいるこの状況で、視線を向けない方がおかしい。

ショーツ一枚になった時、唐突にベッドに押し倒された。

「あっ！」

短い悲鳴をあげた悠里は、慌てて仰向けになり、反射的に宮井を押し退《の》けようとした。

だが、またたく間に力ずくで両腕を肩の横で押さえつけられ、身動きできなくなった。

乳房が波打つように喘《あえ》ぎ、荒い息がこぼれた。

悠里と裏腹に宮井は沈着だ。悠里を見下ろし、唇を弛《ゆる》めていた。

「ますますいい女になったな。あの頃もいい女だった。だけど、この躰を見ると、あの頃とは比べものにならない。最後の日の吸いつくような肌の感触が忘れられなかった。今日はたっぷりと時間がある。楽しみだ」

「変なことは……しないで」

アブノーマルな行為を妄想して昂ぶっていたというのに、こうして身動きできなくなると、不安だけが押し寄せた。

「変なことか」

宮井が笑った。

「その変なことをしてほしくて会いにきたんだろう？　あの時はネクタイで後ろ手に縛っただけだった。あんなことだけで終わると思っているのか？」

不安を通り越し、恐怖が駆け抜けた。

「ここまで来たことを後悔しているのか」

悠里を見下ろす宮井が、ゆとりの表情で言った。

「変なことがいやだったらしない。それほど下種《げす》じゃない」

悠里はわずかながらほっとした。

両手を押さえつけたままの宮井が躰を倒し、乳首を舐めた。

「あう！」

やさしく触れられただけというのに強烈な刺激だった。触れられると同時に、悠里はグイと胸を突き出した。

顔を上げた宮井が悠里を見つめた。かつてとちがう落ち着き払っている宮井に対し、悠里はたじろいだ。

「放して……」

悠里は両肩をくねらせ、自由になろうともがいた。

「押さえつけられるより、くくられた方がいいのか？」

押さえつけていた両手を放すと見せかけ、左手で左右の手首をひとつにしてつかんだ宮井は、傍らに脱いでいたジャケットのポケットから腰紐《こしひも》を抜き取った。

「いや」

悠里は焦った。

「女房はよく着物を着るから、失敬してきた。レザーの拘束具は好きじゃない。ここに来ていながらおかしいだろう？　ここはそういうことをするための部屋というだけで、わざわざ使わなくてもいいからな。それとも、使ってみたいか？」

あれほどアブノーマルな行為を求めていたというのに、いざとなると冷静ではいられなくなり、悠里は逃げることだけ考えた。

「いや。放して」

「俺に会いに来た理由、店での話、あれは本心だと思ってる」

左手でひとつにして握っている悠里の手首に、宮井は右手に持った紐をまわしていった。

「あ……だめ！　だめっ！」

汗が噴き出した。

両手にはまたたく間に紐がまわり、最後は十文字に交わって拘束から逃れられなくなった。もう一本の腰紐を取り出した宮井は、手首にまわった紐に新たな腰紐を絡《から》め、ヘッドボード代わりのダイヤ格子にくくりつけた。

「しないって……そう言ったじゃない！」

悠里は拘束された両腕を躍起になって引っ張りながら、宮井に非難の目を向けた。

「変なことがいやだったらしないと言った。これが変なこととは思っていないし、悠里はこんなことがいやじゃないとわかっているからこうしたんだ。両脚を開いてくくりつけることもできる。だけど、今日はしない。こんなとこで十分だ。悠里だけ裸というのも不公平だな」

宮井はショーツを穿《は》いたままの悠里の横で、悠々と服を脱ぎ始めた。

その間、悠里は拘束から逃れたいと、肩先をくねらせ、巻かれた紐の間から手を抜こうと試みた。

その間に宮井が最後のトランクスも脱ぎ、素裸になった。

漆黒《しっこく》の茂みから肉杭が勃《た》ち上がっている。

すぐにひとつになるつもりだろうかと、悠里は固く膝を合わせた。

「不思議だな。またこんな時間が戻ってくるなんて。別れることになるのなら、いちどでいいからくくってみたいと思った。あの時が最初で最後と思っていたのに」

近づいた宮井を蹴ろうとしたが、さっと避けられ、傍らから乳首を指先でそっと撫でまわされた。

「んんっ……」

感じすぎる。乳首を庇《かば》えないので、肩先をくねらせて逃れるしかないが、猥褻な指はねちっこくついてくる。

触れるか触れないかというほどのもどかしさがこたえる。

「い……や……あう」

乳首から下腹部へと悦楽が広がっていく。乳首に軽く触れられているだけというのに総身が熱くなり、肉のマメがむずむずしている。

「動けないと感じるだろう？　いやならしないと言った。だけど、いやじゃないはずだ。せっかくの上等のショーツが濡れてるんだろう？　始まったばかりというのに、大きなシミができてるんじゃないのか」

にやりとした宮井は蹴られないように悠里の横から脚の間に膝を入れ、閉じられなくなったところで躰を入れた。そして、力ずくで太腿を広げ、思いきり押し上げた。

「い、いやっ」

胸につくほど脚を押し上げられた悠里は、尻を振りたくった。

「五百円玉ぐらいのシミができてるかもしれないと思ったのに、洩らしたように濡れてるじゃないか。興奮してジュースが出たんだろう？　そうじゃないなら、本当に洩らしたか？　嗅いでみたらわかる」

宮井は太腿のつけ根に頭を押し込んだ。

「いやっ！」

シミのできたショーツだけでも恥ずかしかった。羞恥《しゅうち》でいたたまれず、悠里はいっそう激しく尻を振った。

「メスの匂いだ。洩らされたんじゃないとわかってホッとした」

顔を上げた宮井は、悠里の脚を押し上げたまま、秘園を隠しているショーツを眺めた。

「今は人妻か。当たり前だな。今年は四十になるんだからな。吸いつくような悠里の肌が忘れられなかった。麻縄でくくったらどんなに美しいだろうと思うことがあった。俺も忘れちゃいなかった」

「見ないで。下ろして」

ショーツの底と表情を交互に見つめながら喋《しゃべ》る宮井に、悠里はじっとしていることができずに、絶えず腰をくねらせた。

「上等のショーツの底が饅頭《まんじゅう》に食い込んで、シミがどんどん広がっていく。こうやって見られているだけで疼くんだろう？　旦那に普通のセックスをされてぶち込まれるより、こうして何もしないで破廉恥に見られている方が感じるんだろう？」

心を見抜かれている。シミの広がるショーツを見られているだけで屈辱だというのに、その一方で妖しい気持ちに満たされ、感じている。

「何もしていないのに興奮して、花びらやオマメが充血しているかもしれないな。久し振りのソコ、どんなになっているだろうな。いくらノーマルな旦那といっても、何度も入れられてこねくりまわされたんだろうから、少しは形が変わってるかもしれないな」

猥褻なことを言いながら太腿のあわいを見つめる宮井に、肉のマメがトクトクと脈打つように疼いている。

ますますうるみが溢《あふ》れ、シミが広がっていくのがわかる。

「全部脱がせてしまうより、シミの広がっていくショーツを見ている方がいやらしくて感じる。濡れてくれないなら見てもしょうがないが、こんなに濡れてくれるとわかって、ムスコも痛いほど反り返ってる。どうして濡れるんだ。いやならこんなに濡れないだろう？」

唇を弛めた穏やかな目の中に、悠里はかつて知らなかった宮井の本性を見たような気がした。

野生的なオスの目が悠里の被虐の本能をくすぐった。じっとしていることができず、いやがる素振りを見せてしまうが、悠里は間違いなく感じていた。

悠里の左足から手を放した宮井は、右足はがっしりと左手で押し広げたまま、右手でシミの広がっているショーツの脇から指を入れた。

「あ……」

悠里は指から逃れようと腰を反対方向に動かした。だが、無駄だった。破廉恥に脇から入り込んだ指は、すぐに漆黒の翳《かげ》りを載せた肉マンジュウのワレメに潜り込んだ。

「あう！」

悠里は硬直した。

「お饅頭を撫でようと思ったのに、ぬるぬるがいっぱいで、あっというまに滑り落ちてしまった。これは花びらだな」

「んんっ……」

指先で花びらを揺らされた後、肉のマメを包むサヤもいじられ、悠里は感じすぎて腰を右に左にくねらせながら、小鼻をふくらませて喘いだ。

ショーツの脇から指を入れたりせず、いっそ脱がせてと言いたかった。ショーツを穿いているだけ、かえって淫らだ。指に押し退けられた布地から、翳りがわずかにはみ出している。

「ああ……あう」

花びらの脇の肉溝や会陰まで、女の器官の隅から隅まで指はねっとりと動いていく。指が動くたびに髪の生え際までそそけ立った。

「いい感じだ。どんどんジュースが溢れてくる。このショーツが乾かないなら、ノーパンで帰るしかないな」

外性器をいじりまわした指は秘口に入り込み、膣ヒダを押し広げながら沈んでいった。

「はあああっ……」

心地よかった。女壺の快感と、拘束され、猥褻な姿でもてあそばれている屈辱の快感が重なって、かつてない甘美な昂ぶりに包まれた。まだ宮井の屹立《きつりつ》では貫かれていないというのに、心は完全に貫かれていた。

この部屋に入った時の戸惑いと不安。拘束された時の恐怖と屈辱。それがいつしか、陶酔に変わっている。何年も妄想してきた時間が現実にここにある。

押し上げていた右足を放した宮井は、ようやくシミの広がったショーツをずり下げ、踝《くるぶし》から抜いた。

裏返ったショーツの底のシミの広がりを眺めた宮井は、悠里にもそれを見せつけると、次に鼻に近づけて匂いを嗅いだ。

「いやっ」

かっと汗ばんだ。

「こんな匂いになったのか。妻の匂いなのか、発情したメスの匂いなのか、どっちだろうな。きっと、どっちもだろう」

悠里は荒い息を吐いた。だが、その破廉恥な言葉が、いっそう悠里の欲望を燃え上がらせていった。

「入れて……」

下腹部が疼き、このままでは限界だった。

「ノーマルなセックスは、ぶち込んで出し入れして終わりだ。アブノーマルはちがう。もっとも、アブノーマルという言葉は差別用語のようで納得できないが。動物は交わってザーメンをこぼして終わる。人間は他の動物とはちがう。だから、こんな風にして楽しんだりできる。躰のセックスじゃなく脳で感じるセックスは人間だけのものだ」

「あう……」

宮井は悠里の肉マンジュウを指で大きく左右にくつろげて眺めながら、ゆったりとしゃべった。

「ぬるぬるがいっぱいでいやらしい色だ。見てるだけで溢れてくるじゃないか。こうしてオ××コを広げて見られてるだけで気をやるかもしれないな。舐めまわされるのは好きだったな。だけど、亭主が舐めまわしてくれたとしても最初だけだろう？　結婚は夫婦からオスとメスの欲望を奪っていく。だから、セックスしたい相手とは結婚しない方がいい」

宮井の言葉が納得できた。

一生離れないために結婚していながら、オスとメスではなく兄弟や親子のような肉親に近い感情になっていく。マンネリのセックスにも燃えなくなってしまう。だからこそ、激しく燃えたいと思い、宮井にされたことを思い出し、妄想し、自分の指で果てるようになっていった。

宮井の頭が太腿のあわいに近づき、女の器官を舐め上げた。

「ああっ！」

大きな声を上げて乳房をグイと突き出した悠里は、駆け抜けた快感に激しく反応した。

蜜を舐め取る宮井の舌の動きとともに、すぐに、べちょ……べちょっ……と破廉恥な舐め音がするようになった。

「くっ……はああっ」

尻をくねらせ、足指を擦り合わせながら、悠里は感じすぎる舌戯に身悶えた。

我慢できない。すぐにも極めてしまいそうだ。両手を拘束され、身を守る術がなく、総身が神経そのものに変化したように敏感になっている。とてつもなく感じる。

「あぁっ……い、いく……」

極めようとした時、宮井の頭が太腿のあわいから遠ざかった。

「あ……」

悠里は落胆の声を洩らした。

「すぐにはいかせない」

そう言った宮井は、最初のように悠里の両脚を胸につくほど押し上げた。

「アヌスも可愛いな。あの頃、後ろには触らなかった」

何かを企んでいるような宮井の表情は楽しそうだ。

「見ないで……そんなところ……見ないで」

また現実に戻り、悠里は屈辱に大きく尻を振った。

「悠里と結婚していたら、一生、後ろには触れなかったと思う。だけど、もう解禁だな」

「だめっ！」

何を企んでいるのかわからないが、不安が押し寄せ、激しく拒絶した。

「まず味見して、それから後ろもいじりまわしたい」

宮井がふふと笑った。

「ただ、後ろをいじりまわすには綺麗にしてからでないと駄目だ。残念だが、今日はやめておく。そのうちたっぷりと浣腸もしてやる。腸がまっさらになってから、中をいじりまわす」

おぞましさと恍惚がない交ぜになった。

再び宮井は太腿のつけ根に頭を押し込んだが、今まで舐めまわしていた女の器官ではなく、後ろのすぼまりに舌を這わせた。

「ヒッ！　い、いやあ！」

薄気味悪さと激しい羞恥に、総身の皮膚がそそけ立った。

「んんんっ！　い、いやっ！　だめェ！　んんん……あは……い……いや……くううううっ」

精いっぱい尻を振りたくっても、舌がすぼまりから離れることはなかった。悪寒が走るような嫌悪感しかなく、舌戯から逃れることだけを考えていたというのに、べっとりと舐められては菊の皺をこねまわされていると、そこから全身へ悦楽の波が広がっていき、肉のマメもいっそう疼いた。

朦朧となっていく。羞恥より悦びの方が勝っていく。感覚が研ぎ澄まされ、妖しく感じるほどに、もうどうなってもいいと、プライドが失せていった。

音を立てて噴き出しているかもしれないと思えるほどの多量の蜜が、秘口からしたたった。

「感じすぎか？　このまま舐めているとすぐに気をやりそうだな。後ろにまでジュースが流れてきて、アヌスはぬるぬるだ」

ぬら光る蜜で口辺を濡らした宮井が頭を上げた。

「アブノーマルは時間がかかる。俗に言うヘンタイ行為は」

そう言った宮井は笑みを浮かべた。

「慌てずじっくりと。それが楽しみだが、悠里の表情にそそられて入れてみたくなった」

宮井は茂みからそそり立っている肉杭を握ると、透明なうるみにまぶされている秘口に押しつけ、ゆっくりと腰を沈めていった。

「あああああっ」

かつて感じたことがないほど過敏になっている女壺を、肉茎が押し広げていく。

全身の皮膚という皮膚が粟立った。

奥まで沈んだ肉茎がゆっくりと浮き上がっていき、また沈んでいった。

「んんっ！」

わずかそれだけの宮井の動きで、悠里は呆気なく極めていた。

胸と同時に顎を突き出した悠里は口を開け、眉間に深い悦楽の皺を刻んだ。

一瞬の硬直のあと、大きな絶頂の余韻に打ち震えた。

宮井は女壺を貫いたまま、悠里の法悦の表情を見つめていた。

「締まる……食われてしまいそうだ。あの頃なら、俺もこれだけでいってるはずだ」

法悦が収まってきた時、中心を貫いたままの宮井は前屈みになり、悠里の手の拘束を解き始めた。

「あう……動かないで……だめ」

極めた後の敏感すぎる時だけに、わずかな動きですぐに弾《はじ》け、ふたたび絶頂が訪れそうだ。巨大な法悦が繰り返すと快感が苦痛になる。今にも二度目の絶頂が訪れそうだ。

紐は解かれたが、深く繋がった状態で、宮井が腰を揺すり上げた。そして、出し入れが始まった。

「だめっ！　あう！　い、いやあ！」

両手が自由になったのはひとときで、すぐに両腕を押さえつけられ、激しく穿《うが》たれ、第二の大波が打ち寄せた。

「んんっ！」

子宮から頭に向かって、巨大な火の玉が駆け抜けていった。

屹立が抜かれた。だが、すぐさまひっくり返され、腰だけ掬《すく》い上げられ、真後ろから砲弾が打ち込まれた。

「ヒイッ！」

大きな法悦が収まらないうちに突かれ、総身が粉々に砕けそうだ。

「最高だ」

背中で宮井の声がする。

屠られている。とことん犯されている。これほど激しい営みをしたことがない。若い時、時間を忘れてただれるように交わったセックスより激しい。

「洩らしてもいいんだ。何もかも捨てて感じてみろ！」

「ああっ！　んんっ！　あああっ！」

絶対者になった宮井の言葉に、悠里は恍惚となった。大きな声を上げる悠里の総身は、噴き出す汗でぬらぬらと光った。

息を整えた悠里は、宮井の店に入った。

「おこしやす……あら、昨日のお人」

宮井の妻が嬉しそうな顔をした。

着物が似合う。今日は白大島に黒地の帯。帯には桜が描かれている。

乱れすぎた昨夜の自分が恥ずかしかったが、悠里は女の横にいた宮井にも他人を装って会釈した。

「昨日拝見したぐい呑み、どうしてもほしくなって、また来てしまいました」

「陶春さんのかしら」

「ええ、その畳のお部屋の」

「まあ、じっくり見ておくれやす」

何も知らない妻に対して罪の意識を感じたが、宮井に会いたくてたまらなかった。宮井が選んで並べているという店の品を持ち帰りたかった。

「今日の帯、夜桜のようで素敵ですね。桜には少し遅いようで残念です」

悠里は上品な帯を見つめた。

「着物は季節の先取りが決まりですから、染井吉野《そめいよしの》も終わって、これ、ちょっとずれてしもうたんですけど、もういちど締めたくて。今年最後のつもりでした」

女が笑った。

「仁和寺《にんなじ》の御室桜《おむろざくら》は京都で一番遅咲きの桜として有名で、今がちょうど見頃です。出かけはったらよろしわ」

「仁和寺の御室桜……ですか」

妻の後に、宮井が客に対する口調で続けた。

「江戸時代から有名な桜の名所です。お勧めします」

「まだ桜が見られるとは思いませんでした。じゃあ、せっかくだから行ってみます」

悠里は畳の部屋に上がり、どのぐい呑みにしようかと迷い、深い蘇芳《すおう》か臙脂色《えんじいろ》かというような辰砂《しんしゃ》のぐい呑みにした。血より赤く、炎より濃い。

眺めていると、昨夜、火のように燃えた悦楽の時が甦《よみがえ》った。

「これを」

悠里は宮井に差し出した。

「これはいい色が出てますよ。優秀な新人ですから、もうしばらくしたら、こんな値段じゃ買えなくなるでしょう」

「お客さま、ほんに目が肥えてはります」

宮井の言葉の後に、何も知らない妻が、悠里を褒めた。

「東京で美味しいお酒が呑めそうです」

宮井の妻になっている可愛い女への嫉妬と、これからも宮井と関係を続けてしまうだろう罪の意識に、悠里は笑みを装って座敷を出ると、桐箱に入れたぐい呑みを梱包する宮井の手元を眺めた。

昨夜、悠里をいたぶった猥褻な指だった。

夢路

新緑の中に男が立っている。

何とか顔を見たいと思ったが、そこだけぼっと霞んでいる。霞んだままの男が近づき、沙羅《さら》は抱きすくめられていた。

生まれたままの姿で互いの躰《からだ》をまさぐり合った。ひとつになっては離れ、延々と営みは続いた。総身をいじりまわされ、恥ずかしい太腿《ふともも》のあわいに頭が入り込み、淫らの限りを尽くされながら、沙羅は喜悦の声を上げ続けた……。

目覚ましが鳴った。

慌ててサイドテーブルに手を伸ばした沙羅は静かになった部屋で、淫猥な夢を見ていたことに気づいた。

新緑の中に立つ朧《おぼろ》な男に抱きすくめられた後、ベッドでも布団の上でもないところ、そして、屋内か野外かもわからないが、そこで何やら妖しげな行為をしていた。その行為も具体的にはわからないが、目覚めても新緑の濃さと淫らな感覚だけは強烈に脳裏に残っていた。

それと裏腹に、男の顔を覆《おお》っていたぼんやりしたものに全身を包まれているようで、朝から女園に手を伸ばして慰め、半端なものを発散させたい衝動に駆られた。

沙羅はショーツに手を入れた。だが、時間がない。いったん女の器官に触れてしまえば、達するまで指を動かさないと余計に不満が残る。その後ぐったりなって外に出るのが億劫《おっくう》になりそうで、濃いめの翳《かげ》りを撫でた後、欲求不満のまま、ショーツから手を出した。

三年ほどつき合っている加島《かじま》が、最近つれない沙羅を恨めしく思って夢に現れたのだろうかとも思ったが、新緑の中の男は清々《すがすが》しい気がして別人としか思えない。

二十八歳になったが性的な夢を見ることはほとんどない。それだけに、男の顔がわからないまま淫らなことをしていたのは、噎《む》せ返るほどのセックスをしたいと思っているからだと気づいた。

学生時代の女友達四人と鎌倉《かまくら》駅西口の改札の外で落ち合うと、市役所通りに沿って歩き始めた。

いつしか四人とも未婚のまま三十路《みそじ》に近づいている。そこそこ仕事ができるだけに、よほどの男でないと物足りなくなってしまう。恋人まではいいが、結婚には踏み切れない女たちだ。

全員、鎌倉は初めてではないが、案内できるほど詳しい者はいない。

まず人気スポットの銭洗弁財天《ぜにあらいべんざいてん》に行くことになり、全員が一万円札を何枚か財布に忍ばせていた。

銭洗弁財天の洞窟から湧き出している水でお金を洗うと、何倍かに増えると言われている。それなら百円玉より千円札。千円札より一万円札の方がいいかもしれないという子供のように他愛ない発想で、中には、家族に頼まれてお札を預かってきた者までいた。

学生たちはまだ夏休み前のはずだが、人気の観光地だけに今日も人が多い。

「佐助稲荷《さすけいなり》にもちょっと寄っていかない？　近いみたいだし」

ガイドブックを見ながら歩いていた沙羅は、市役所通りを右に折れ、そこをしばらく進んだときに佐助稲荷神社と書かれた道標を目にして、無性に行きたくなった。

ガイドブックには朱い幟《のぼり》と鳥居の連なる写真が載っている。京都の伏見稲荷大社《ふしみいなりたいしゃ》がふっと脳裏に浮かんだ。

「ね、佐助稲荷神社、どう？」

「えっ？　何？　どこ？」

「ほら、こんな感じ。鳥居がたくさんあって何となく面白そう」

そう言ったものの、今まで佐助稲荷など眼中になかった。ガイドブックを何度も見ているはずだが、初めて目にしたようなものだ。

「聞いたことないし、つまらないと思うけど」

「でも、ここに載ってるでしょ？　ほら」

「鎌倉大仏とか、鶴岡八幡宮《つるがおかはちまんぐう》とかにも行くんだし、やめましょうよ」

欲張った鎌倉巡りを計画していただけに、他の四人はまったく関心を示さなかった。

「じゃあ、銭洗弁財天でお団子でも食べて待っててよ。すぐに追いつくから」

境内に何軒か店があるのはわかっていた。銭洗弁財天でお金を洗った後は、その茶店で甘いものでも食べようということになっていた。

「お団子食べる時間がなくなっても知らないから」

「食べてて。遅くなったら私はお団子は我慢するわ。もし待てないときは電話して。またここで合流すればいいし」

「それって、銭洗弁財天には行かないってことになるじゃない」

「でも、きっとすぐに追いつくと思うから」

案内板には佐助稲荷神社まで350メートル、銭洗弁財天まで270メートルと書かれている。たいした距離ではないし、足には自信がある。佐助稲荷からまたここに戻り、銭洗弁財天へと向かわなければならないものの、みんなと合流するのに、早ければ十五分から二十分後。三十分もかからないだろう。

呆れ顔の四人と別れ、沙羅は急ぎ足で佐助稲荷への道を進んだ。

今まで関心がないどころか、そんなところがあるのも知らなかっただけに、なぜ不意に足を向けたくなったのか、沙羅にもわからなかった。ただ、どうしても行かなければと気が急《せ》いた。

前方に朱い幟や鳥居が見えたとき笑みが浮かび、小走りになった。

朱塗りの鳥居が参道を埋め尽くしている。圧巻だ。

鳥居をくぐりながら石段を上っていると、階段の所々にお稲荷様が置かれている。だが、なぜか人影もなく、鳥居と階段だけの景色に、急に不安になった。

青白い著莪《しゃが》の花や日陰を好む羊歯《しだ》が大きく成長しているだけに、いっそうあたりに不気味な雰囲気が漂っている。

社殿に行かないで引き返そうか……。

そう思ったとき、お稲荷様の横ですっと何かが動いた。

「あっ！」

息が止まりそうになり、沙羅は短い声を上げて総身を硬直させた。だが、鎌倉に多い台湾リスとわかり、ほっとした。動悸はすぐに収まりそうにないが、今までの不安が薄れた。

尻尾の大きなリスが見えなくなるまで眺め、また石段を上ろうとした沙羅は、ふっと後ろを振り返った。

「あう！」

不意に人影が現れ、またも仰天した沙羅は、石段から足を踏み外しそうになった。

洒落たデイバッグを背負った男が、慌てて沙羅を支えた。

「大丈夫か……落ちる前に間に合った。まあ、この急でもない階段を落ちる間抜けはいないと思うが」

「脅かさないで……」

男が背後に近づいていたことに気づかなかったことも男の手に支えられたことも妙に気恥ずかしく、それを押し隠すように、沙羅はわざと非難めいた口調で言った。

「タイムスリップして突然現れたわけじゃないし、足音を忍ばせていたつもりもないんだけどな」

ほどよく日焼けした三十過ぎと思える男は、ほがらかに笑った。スポーツでもしているような健康で潑剌《はつらつ》とした感じだ。

「その格好じゃ、ここからひとりで裏大仏コースって感じじゃないな」

沙羅はロングのストレートの黒髪に白い帽子、白いパンツとブルーのシャツジャケット、後はパンプスにショルダーバッグの装いだ。

「ともかく、この上までは一緒だな」

そう言った男は、沙羅の手を取って階段を上り始めた。

あまりにもさりげなかった。手を払う気にもならず、沙羅は戸惑いながら階段を上っていった。高鳴っている鼓動を悟られていないか気になった。

「下社《しもしゃ》でお参りしたのか？」

「えっ？」

「その顔じゃ、通り過ぎてきたようだな」

男が苦笑した。

「下社の横にある小さな祠《ほこら》の観音様は、知る人ぞ知る縁結び観音だ。十一面観音は年に一回、五月十八日だけしかご開帳がない。知らないんだろう？」

「ええ……」

「俺は今年初めて十一面観音を見ることができたんだ。あっ！」

急に声を上げた男に、沙羅は驚いて足を止めた。

「そうか、こういうことか」

男が楽しそうに笑った。

「脅かさないで……どうしたの？」

「縁結びの観音様に会ったのは先々月だ。いい人に巡り会った」

沙羅の手を握っている男の手に力が入った。

自分のことかと、沙羅は戸惑った。

「本殿脇から裏大仏コースに抜ける道がある。自然が一杯だ。案内しようか」

「友達四人が先に銭洗弁財天で待ってるからだめ……私だけ寄り道してここに来たの。だから、すぐに戻らなくちゃ……」

「そうか……残念だな」

ひとりで来ていれば一緒に行動したいところだ。これほどすんなりと馴染める相手に会ったことがない。この警戒心を抱かせない雰囲気は何だろう。冷めてしまった恋の相手がいるだけに、沙羅にとってはこれきりにしたくない相手だった。

「私は朝比奈《あさひな》沙羅……沙羅双樹の花の色の、あの沙羅」

「ヘェ、沙羅双樹の花か。なるほど」

不意に足を止めた男にわざとらしく正面から見つめられ、沙羅は眩《まぶ》しすぎる視線にたじろいだ。

「日本じゃ夏椿を沙羅の花と言ってるけど、そろそろ終わる時期かな。だけど、まだ咲いてる。まさか、夏椿の化身じゃないよな？」

まじめな顔をした後、男は相好を崩した。

「それより、俺は狐の化身かもしれないぞ」

階段の傍らの狐の像を指さした。

「あっ！」

今朝の夢を思い出した沙羅は、不意に声を上げた。

「今度はきみか。どうしたんだ」

「ごめんなさい……今朝、夢を見て……そう言えば緑が多くて、それがここに似ていたみたいな気がして……」

淫らな夢とは言えるはずもなかった。

「そこに狐はいなかったのか」

男が笑った。

「夢と言えば、老人の姿をした鎌倉のお稲荷さんが、源頼朝《みなもとのよりとも》に平家打倒の時期を告げたと言われている。その結果、平家は滅んで鎌倉幕府が成立した。頼朝は隠れ里と言われていたここを探し出して、この社《やしろ》を建てて崇拝したとか。今朝の夢は緑ばかりか？　お告げはなかったのか？　今の時代に政府打倒のお告げがあっても困るだろうが」

男がクッと笑った。

この神社のいわれなど知らなかった。男はかいつまんで話したのだろうが、夢のお告げと言われ、恥ずかしい夢がまだ記憶から消えないだけに、沙羅の躰は火照った。

階段の正面に小さな社殿が現れた。

知り合ったばかりのこの男と縁がありますようにと祈った。だが、ここまで来れば、後はみんなと合流するために引き返すしかない。いつまでも社殿への階段が続いていたら……と、別れがたい男を思った。

「そろそろ銭洗弁財天に行かないと……」

沙羅は溜息混じりに言った。

「おい、ここは拝殿だ。本殿はもう少し上。せっかくここまで来たのなら、本殿に行かないとまずいんじゃないか？　小さいけどな」

てっきりここが本殿と思っていたが、まだ先があった。男と会っていなければ、ここで引き返していただろう。神様がほんのひととき、逢瀬の時間を延ばしてくれた気がした。

拝殿のすぐ近くの羊歯の茂る岩窟には、「霊狐泉《れいこせん》」と書かれた泉があり、今も清水が湧き出している。

本殿は小さな祠《ほこら》だった。奉納されたらしいたくさんの狐が並んでいる。

ケイタイが鳴った。

銭洗弁財天に着いた友達のひとりからだ。

「今から引き返してそちらに向かうところ……」

男に未練があったが、そう言うしかなかった。

「俺はここから上のハイキングコースを歩いて長谷《はせ》に向かうんだ。また会おう」

「名前は……？」

「そうか、まだ言ってなかったな。桐生《きりゅう》だ。じゃあ」

また会おうと言われても、二度と会えないだろう。軽く手を挙げて本殿の左手の道へと去っていった男に、沙羅は後ろ髪を引かれる思いだった。会ってほんの十分か十五分というのに違和感なく一緒にいられ、昔からの知り合いのように感じた。

引き返しながら、桐生が言ったように狐の化身だったのかもしれないとも考えた。

連なる鳥居をくぐって下りながら、何度も拝殿の方を振り返った。だが、もしやという期待は裏切られ、桐生の姿はなかった。

来るときに素通りしてしまった下社で、〈縁結十一面観音〉と書かれた小さな祠を見つけた。御開帳日五月十八日正午と書かれている。桐生の言葉通りだ。

また再会できますようにと、扉の閉じられた祠に手を合わせて銭洗弁財天に向かった。

銭洗弁財天で四人で合流すると、いったん鎌倉駅に戻り、江《え》ノ電《でん》で長谷に向かった。まず長谷寺に行き、混まないうちにと、近くで早めの昼食を摂《と》った。

寺にいるときも昼食を摂っているときも、沙羅は桐生のことばかり考えていた。

四人の会話も上の空だった。

「ね、変なとこに行って、お狐様でも憑《つ》いたんじゃないの？」

「そうか、佐助稲荷って、お稲荷様だもんね」

様子がおかしい沙羅に、女たちが口々に言った。


高徳院《こうとくいん》へ足を延ばすときも、すでに観光に興味をなくしている沙羅は、四人の後からわずかに遅れ気味についていく格好になった。

道の左側を歩いていた五人は、仁王門手前の大仏通りを横切った。

そのとき、前方から歩いてくる桐生に目を留め、沙羅は息を呑んだ。桐生のことばかり考えていたので、ついに幻影を見てしまったのだと一瞬思った。

驚いて目を凝らしている沙羅と対照的に、桐生は別れたときと同じポーズで、やあと言うように右手を軽く挙げ、落ち着いた感じで近づいてくる。

一メートルほど先を歩いている四人は話をしながら、そのまま仁王門に近づいていく。

「桐生さん……本物なのね?」

「俺の偽物がいるのか」

「だって……どこに行くの?」

「長谷寺だ。でも、きみと過ごせるならどこにでも」

そのとき、友達のひとりが振り返った。

「沙羅、何してるの?」

数メートル先から大きな声が届いた。

「長谷駅で待ってて。五分……いえ十分。何とかするから。長谷寺には行ったばかりなの。駅じゃだめ?」

必死だった。

ここで別れてしまえば三度目の偶然はないはずだ。

「彼女たちを撒《ま》けるのか」

「ええ。絶対に待ってて」

「待っていてと言われたんじゃ、十分どころか、最終電車まで待つぞ」

本当に待っていてくれるのかと不安になるほどさらりと流し、桐生が離れた。

立ち止まっている友人たちの所に急いだ。

「長谷寺の場所を訊かれたの。教えてあげたら、混んでるかって訊かれたりして。何だかよくわからないけど、ハイキングコースを歩いて、あっちの方から来たんですって」

沙羅は左の方を指した。

「知り合いじゃなかったの？」

「まさか。知らない人……あのね……」

そこで沙羅は大きな溜息をついてみせた。

「朝からお腹が痛かったんだけど、さっき始まっちゃったのよ……みんなには内緒でお薬飲んでたんだけど……何だか歩くのも辛くて……せっかく楽しんでいるときに、先に帰ると言うと悪いなと思ってたんだけど……」

「なんだ、早く言ってくれればいいのに……てっきり何とか神社のお狐さんが憑いたのかもしれないと心配してたのに」

「そうよ。お狐様じゃなくてよかった。でも、ここまで来たんだから、大仏様だけ見ていったら？」

「ご免ね……帰って休みたいの……まだ先のはずだったのに狂っちゃった……痛くて怠くて」

沙羅は四人と別れた。

窓の外には相模湾が広がっている。

七里ヶ浜の高台のホテルは、どの部屋からも海が見渡せる。

ふたりきりになると、沙羅は自分から大胆に桐生を誘ったことが信じられなかった。

「夢の続きみたい……不思議なことばかりで」

「世の中、不思議じゃないことなんか何ひとつありやしない。生まれてこられたのも不思議のひとつだ」

「でも、あそこでまた会うなんて……」

「ハイキングコースを歩いて長谷に向かうと言ったじゃないか。あの近くに下りてくるコースだ。いいタイミングだった。絶対にまた会えると思ってた」

「どうして……？」

桐生の確信が不思議でならない。

「今年の五月十八日は土曜だった。やっと年に一度しか会えない縁結びの観音様に会えたんだ。そのとき第六感が働いた。近々いいことがあると。こう見えても勘はいい。あの本殿の前で別れるとき、また会えると思った。だけど、今日のうちに会えるとは思わなかった。ずいぶん歩いたな。シャワーにするか」

桐生が沙羅のシャツジャケットに手を掛け、肩から落とした。その下のTシャツの色を淡いグリーンのにしたのは、今朝の夢を意識したからだ。

「美味《うま》そうだ」

「あっ！」

唐突にTシャツの上から乳房をつかまれ、沙羅は声を上げた。

「シャワー、先に浴びるといい」

すぐに悪戯な手は離れた。

瞬時に熱くなった沙羅は、自分と裏腹に冷静な顔しか見せない桐生に何も返せなかった。

浴室手前の洗面所の鏡に火照った顔が映った。恋をしている女の顔か欲情しているメスの顔かわからない。桐生の目にはどう映っているのだろう。

ホテルに入ったとき、桐生はすぐに挑んでくると思った。その覚悟はしていた。

それだけに、期待外れの女と思っているのではないかと不安も掠《かす》めた。

一緒に歩いていた友人たちと別れて長谷駅での待ち合わせを口にした沙羅に、桐生は内心呆れていたのではないか……。

次々と不安が押し寄せた。

シャワーを浴びている間に桐生が消えていたら……。

そんなことまで考え、思わずドアを少し開けて部屋を窺った。

「あっ！」

こちらに向かっている全裸の桐生に、沙羅は慌ててドアを閉めた。茂みの中から肉茎がグイと立ち上がっていたように見えたが、一瞬のことで、幻覚かもしれない。

すぐにドアが開いた。

「まだ脱いでないのか。手伝ってやろうか？」

「私は後でいいわ……先に使って」

息が弾《はず》んだ。

「後も先もないんだ。ほら」

桐生がTシャツを捲り上げようとした。

「自分で脱ぐから先に使ってて」

沙羅は慌てた。

「すぐ来ないと強引に脱がせるぞ」

浴室に消えた桐生の笑いもさっぱりして、猥褻な感じがしない。今までの男とちがう。

つい今し方まで桐生の思いを勝手に危惧していたようだと不安が消えた。だが、すぐに、桐生のつき合った今までの女と比べてどう思われるだろうと、次の不安が押し寄せた。手入れはしているものの、濃いめの下腹部の翳りも気になった。

「まだか？」

中から声がした。

沙羅は慌てて身につけているものを脱いだ。

シャワーの音がしている。

簡単に髪を上げ、中に入るのをためらっていると、ドアが開いた。

「おう、想像以上だ。黒々としたヘアもいい」

故意に舐めるような視線を向けられ、沙羅は背中を向けた。だが、ひょいと腕を伸ばして引き寄せられた。

「裸になるのにやけに時間がかかるんだな」

半ば強引に沙羅を引っ張り込んだ桐生は、シャワーのノズルを胸から下腹部へと向けていった。

「あう……だめ……くっ……自分で」

右手にシャワーのノズルを持って湯を掛けながら、左の指を肉マンジュウのあわいに入れた桐生に、沙羅は身をよじりながらその手を退けようとした。

「よく感じるんだな。それに、ぬるぬるが凄い。いくら口でだめと言っても、躰は嘘をつかないからな」

初めて会った男に秘部を洗われている。羞恥《しゅうち》が大きいだけに感じすぎた。桐生の股間のものは茂みの中から猛々《たけだけ》しくそそり立っている。数時間前は他人でしかなかった男のオスの器官を目にすることでますます昂《たか》ぶり、胸が喘《あえ》いだ。

シャワーの湯はぬるめだが、全身が滾《たぎ》っている。目眩《めまい》がしそうだ。

「あう……やめ……て……ベッドで……ね……くっ」

このままではすぐに法悦を迎えてしまいそうだ。沙羅は桐生の手首をギュッと握って退けようとした。

「すぐにいきそうか？　うん？　そうでもないか？」

がっしりした腕は動かない。

腰を引くと指は肉マンジュウから離れたが、シャワーを止め、ノズルを壁に戻した桐生は、今まで秘園をいじっていた左手で沙羅を抱き寄せた。

沙羅が逃げられなくなったところで右手を背後にまわした桐生は、尻肉を撫でまわした。

「つんとしていい形だ」

「あう！」

臀部《でんぶ》を這っていた手が双丘の谷間から花園へと滑り、花びらをいじり始めた。

正面から秘部に触られるより、豊臀のあわいから前へと伸びた手にいじられる方が何倍もいやらしい行為に思え、鼻から熱く湿った息がこぼれた。

「ああう……んふ……んんっ」

卑猥なことをされているが、指の動きはやさしい。やさしいほどに、小石を投げられた水面のように、そこから総身へと快感の波が広がっていく。

「気持ちのいい花びらだ。ますますぬるぬるが出てきた」

「くっ！」

花びらをいじりまわしていた指が、するりと柔肉のあわいに沈んだ。そして、膣ヒダを押し広げながら奥まで進むと、スクリューのように回転した。

「んふ……」

しっかりと左の腕で支えられているものの、沙羅は倒れるような気がして両手を桐生の腰にまわした。

「この祠も、お稲荷さんの泉のように、どんどん湧き水が溢《あふ》れてくる」

佐助稲荷神社の拝殿近くの、昔から枯れないという霊狐泉のことだろうか。

沙羅の総身はますます熱くなった。

これほど卑猥な指を知らない。やさしい動きだが、背後から入り込んでとてつもなく猥褻な動きをしている。女壺の中でヒダを探っている。

桐生の指には目がついていて、女壺の隅々まで舐めるように見つめられている気がする。隠しておかなければならない恥ずかしいところを、微に入り細に入り観察されているようだ。

「この感じは、後ろから入れると気持ちのいいヴァギナだ。後ろからされるのが好きだろう？　こうやって後ろから指を入れていると気持ちがいいからわかる」

熱い躰がさらに火のようになった。

今まで意識したことはなかった。だが、言われてみると、確かに後ろから屹立《きつりつ》を挿入される方が正常位より気持ちがいい。

「あう……いやらしい……いやらしいオユビ……」

沙羅は桐生の意識を後背位から遠ざけようとした。顔を桐生の胸に押しつけ、小さな乳首を吸った。

「やめろ。くすぐったいだけだ。乳首を吸ってくれとおねだりか？」

「あっ……」

苦笑した桐生が女壺から指を出した。

落胆と同時に、秘口の入口がぞくりと疼《うず》いた。

「沙羅の匂いだ」

ふやけた指を沙羅の目の前に突き出した桐生は、次に自分の鼻に持っていった。

「だめっ！」

ひとときぼうっとしていた頭が覚醒した沙羅は、慌てて桐生の指を眼前から退けた。

「女の匂いを嗅ぐと、どんなに忍耐強くても我慢できなくなる」

やけに冷静だった桐生が、ふいに今までとちがう顔をした。目だけでメスを支配する獣の顔だ。

自由にして……。

そう視線で返した沙羅は、無条件で支配されることに同意したメス獣だった。唇を合わせた。まだ口づけも交わしていないことに気づいた。舌を絡め、激しく唾液を奪い合った。そうしながら沙羅は桐生の股間に手を伸ばし、たくましい剛棒を握った。メスを貫く硬く心地よいオスの剣《つるぎ》だ。

舌を動かしながら鼻から荒い息をこぼす沙羅は、自らの手で柔肉のあわいにそれを持っていき、腰を近づけた。肉茎は秘口を割り、秘壺の底へと呑み込まれていった。

「うぐ……」

合わさった唇の狭間からくぐもった喘ぎが洩れた。

顔を離した桐生は沈んだ肉茎を入口近くまで引き、再びグイッと押し込んだ。

「んんっ！」

桐生の目によってすでに支配されていた沙羅は、剛直で奥の奥まで貫かれ、心も躰も完全に支配された気がした。心地よい従属感と肉の悦びの中で、桐生とひとつに溶け合い、同化していくような気がした。

出し入れのたびに肉ヒダが疼く。総身が粟立つほどの快感だ。

激しい出し入れではなく、奥まで貫いて腰を引いた桐生は、沙羅の表情と花壺の中の様子を窺うように、ひととき動きを止める。

「気持ち……いい」

沙羅の声が掠れた。

「俺も気持ちがいい。こんなに気持ちのいい相手は初めてだ。前からも最高だ」

「後ろから……して」

今までの男にはそんなことを言ったことはなかった。行為の最中で体位が変わり、後背位になったりすることはいくらでもあった。だが、自分からそれをねだったことはなかった。

肉茎が抜かれ、桐生が浴室のドアを開けた。

「そこに手をつくんだ」

洗面台のことだとわかり、沙羅は両手で躰を支え、自分から破廉恥に尻を突き出していった。

「もっと脚を開け」

言われるままに肩幅ほど開くと、濃いめの翳りを載せた肉マンジュウのワレメもわずかに開いた。

目の前の大きな鏡に欲情したメスの顔が映っている。風呂上がりの顔というより、艶めかしい女の顔だ。

「あっ！　いやっ！」

いつもとちがう自分の顔を見つめていたほんのひとときの間に、背後にいた桐生が片膝をついて尻の高さに頭をやり、臀部の谷間を両手で大きく割り開いていた。

「動くな！」

尻を振った沙羅に、桐生が強い口調で言った。

沙羅の動きが止まった。

「後ろの口も可愛い」

「いや……そんなところ……お願い……見ないで」

排泄器官をくつろげて直視している桐生に、恥じらいを超えて屈辱を覚えた。

誰にも後ろの器官を見つめられたことはない。

生ぬるい舌がすぼまりをべっとりと舐めた。

「ヒッ！」

内腿が震えた。

洗面台に突いていた両手を離し、沙羅は半身を起こして逃げようとした。

「動くな！　手をつけ！」

語調は強いが横暴さはない。桐生の言葉に逆らうことができず、沙羅はまた洗面台に両手を突いた。

桐生は沙羅にとって短い間に絶対的な主になっている。だから、命じられれば従う。羞恥と期待と快感がない交ぜになっていた。

「今度動いたらお仕置きだ」

お仕置きという言葉だけで快感が駆け抜けていった。かつて味わったことのない震えるような昂ぶりが総身を満たしている。

桐生の舌が菊皺を伸ばすように排泄器官をこねまわした。

「い……や……くううっ……そこは……いや……いや」

屈辱は消えない。だが、妖しい悦楽に全身がそそけ立っている。かつて知らなかった快感だ。誰もこんな恥ずかしいことはしなかった。

逃げたい思いと、このまま猥褻すぎる舌の動きに身を任せていたい思いがせめぎ合っている。肉マンジュウのワレメから、溢れたうるみがしたたっていく。

「そこは……そこはいや……はあああっ」

朦朧としてきた。まるで肉のマメまで愛でられているようだ。

舌が離れ、肉マンジュウが両手で大きくくつろげられた。

「今度は手を離してまっすぐに立ってみろ」

躰を起こし、洗面台から手を離すと、左右に精いっぱいくつろげられた肉マンジュウの中のぬめ光った女の器官が鏡に映っていた。

全体が銀色の蜜にまぶされ、出し入れの摩擦で充血して腫《は》れぼったくなった花びらは、貪欲な食虫花のように淫らな紅い色に染まっている。

「見えるだろう？　きれいな性器なのに俺のものを咥えていたからぼってりしてる。こんないやらしい性器は見たことがない。後ろもよく感じるんだな。だから、こんなに濡れたんだろう？」

「いや……見ないで……あう」

「どうやって自分の指でいじるんだ。立ったままいじってみてくれないか」

「いや！」

「毎日してるんだろう？」

「言わないで。して。我慢できない……して。入れて」

本気で自慰をさせようとしているのかもしれないと思うと、一時も早く桐生の意識を他に移したかった。

「自分で気をやるところを見たい」

「いや。して。して」

洗面台に両手を突いた沙羅は、さっきより破廉恥に尻を突き出し、誘うようにくねらせた。

「指でするところを見たい」

「いや。後で……」

沙羅はさらに尻を突き出した。

「後でと言ったな。忘れないぞ」

立ち上がった桐生は鏡の中の沙羅を見つめ、にんまりとした。

「正面から沙羅の顔を見ながらしたい。だけど、この格好にもそそられる。朝まで寝ないですれば、いろんなことができる。ひとつずつだな。まずは、後ろからしてと言われたんだった」

屹立をつかんだ桐生は背後から肉の祠の入口に亀頭を押し当て、ゆっくりと沈めていった。

「はあああっ……」

肉茎に押し広げられていく膣ヒダから、子宮や腹部へと快感が広がっていく。そして、さらに手足や髪の生え際にまで悦楽の波が伝わっていった。

「おう……前からもよかったが……後ろから入れると凄《すご》い……名器だ……これまで会ったどんな女よりいい……最高に相性がいい」

社交辞令とは思えない口調の桐生の言葉が嬉しかった。

中を確かめるように、屹立はゆっくりと動いている。奥まで沈んでは入口へと向かい。ぐるりと肉のヒダをなぞり、また沈んでいく。

もっとと言うように、沙羅は尻をくねらせた。

「顔を上げろ。鏡を見るんだ」

結合した部分だけに意識があり、いつしか白い洗面台を見つめていた沙羅は、鏡に目を向けた。

背後にいる桐生が鏡の中の沙羅を見つめている。

羞恥と、桐生へのとてつもない恋慕の情が急速にふくれ上がり、自分の感情を抑えることができなくなった。

「後ろからされるの……好き……だけど……くっ……ベッドで……ベッドでしたいの」

花壺に深々と肉杭を打ち込まれてひとつになっているというのに、薄紙一枚入らないほど、躰と躰を密着させたかった。

「チェックアウトは明日の正午。たっぷり時間があるじゃないか。ここでして、それからベッドですればいい」

桐生の腰の動きが速度を増した。

「くっ！　あうっ！　んっ！　あう！」

内臓に突き抜けるほどの衝撃に、沙羅は必死に躰を支えた。激しく貫かれ、抉《えぐ》られ、全身が粉々に砕け散れば、躰を密着させる以上に桐生とひとつになれるような気がした。

「あう！　壊れる！　もっと！　くっ！　もっと！」

沙羅は嵐の大海原で揺れる小舟のようだった。

「ああっ！」

巨大な火の玉が総身を駆け抜けていった。気が遠くなるほどの絶頂だった。躰を支えることはできなかった。洗面台につんのめりそうになったとき、桐生の右手が胸に伸び、沙羅を支えた。

結合を解いた桐生は、沙羅をベッドまで抱えていった。

「降参とは言わせたくないが、ちょっと休憩がいいか？　俺はまだいってないんだぞ。いく前に先を越された」

「気持ちよすぎて……眠い」

「じゃあ、ひと眠りすればいい。目が覚めるまで勝手にいじるか」

桐生は沙羅の太腿を広げて躰を入れ、汗や蜜でねっとりとしている濃い翳りを載せた肉マンジュウをくつろげた。

「だめ……」

激しい行為の果ての女の器官の変化は無様だろうと、沙羅は反射的に膝を閉じようとした。だが、桐生の躰が入っていては閉じられるはずもない。

「アソコが口を開いたままだ。もっと下さいと言ってるようだ」

「今は見ないで……いや」

「何もかも全部見たい」

絶頂の後の倦怠感に苛《さいな》まれ、拒む気力もなかった。桐生にはすべてを晒してもいいような気もしている。

「あ……」

桐生が花びらをくつろげたとき、声が洩れた。恥ずかしいところを破廉恥に見つめている視線に、沙羅はわずかに腰をくねらせた。

「今朝……いやらしい夢を見たの……男の人が私にいやらしいことをしてたの……」

沙羅はそう言って胸を喘がせた。

「あそこでも夢を見たと言っていたが、いやらしい夢だったのか。そいつは俺だ。そう言いたいんだろう？　明日、知り合ったあの場所にもう一度行ってみるか？」

花びらの脇の溝をやさしい指が辿《たど》った。

「あう……あそこはだめ……」

「なぜ？」

「あそこはだめ」

また沙羅は繰り返した。

桐生は本当に人間だろうか……。

鳥居の連なる参道の階段だけでなく、あちこちに無数の狐の置物が置かれていた佐助稲荷神社で、悪戯好きの狐が人間の男に化け、沙羅を玩《もてあそ》んでいるのではないか……。

もしそうなら、あそこに足を踏み入れた途端、桐生は緑の中に消えてしまうかもしれない。

「あそこはだめ……ずっと……ここがいい」

「なんだ、いやらしいことをしていた方がいいってことか」

桐生が苦笑した。

「そう……いやらしいこと……好き」

沙羅は目を閉じた。

愛液とオスの粘液でぬめっている女の器官を、桐生の舌がチロチロと動いて愛で始めた。

「くっ……気持ちいい……あは……んっ……」

結合の後にシャワーも浴びていないところを舐めまわす桐生に、切なさが込み上げた。沙羅は太腿を大きく開いていった。

「もう少ししたら、また入れるからな。たとえ沙羅が眠っていても」

そう言った桐生は、ぼってりしている肉のマメの周辺を生暖かい舌で辿り始めた。

■初出一覧

『隠れ蓑』………「特選小説」2015年6月号
『もっと深く』………「特選小説」2015年10月号
『香る女』………「特選小説」2014年2月号
『細雪』………「特選小説」2016年3月号
『雪見酒』………「特選小説」2015年2月号
『紐』………「特選小説」2016年6月号
『夢路』………「特選小説」2013年8月号

イースト・プレス
悦文庫

もっと深《ふか》く

藍川《あいかわ》京《きょう》

2016年7月22日　第1刷発行

企　画　松村由貴（大航海）
編　集　田中彩乃　棒田 純

発行人　安本千恵子
発行所　株式会社 イースト・プレス
〒101-0051
東京都千代田区神田神保町2-4-7 久月神田ビル8F
電　話　03-5213-4700
FAX　03-5213-4701
http://www.eastpress.co.jp

印刷製本　中央精版印刷株式会社
ブックデザイン　後田泰輔（desmo）

ISBN978-4-7816-1447-2　C0193